U0618667

玫瑰开满了麦子店

石一枫——著

北 京 出 版 集 团

北京十月文艺出版社

1

麦子店的夜晚是火热的。

预制板楼体和单层玻璃窗形同虚设，车声人声、烟味油味破墙而入，充满了这间十平方米不到的一楼小北屋。每隔约莫三分钟，最多五分钟，当脚下有列地铁轰鸣而过，磨得过分光滑但又总显得污浊的水泥地面也跟着震颤起来，铸铁窗框嘎嘎作响。住在这屋里的人最好是个聋子，要不就得是神经迟钝，否则晚上能睡个囫囵觉才怪。屋里摆设简单，一桌一床一书架。书桌朝南，床头朝南，书架上寥寥两本菜谱、家庭保健手册的书脊以及一个大头娃娃存钱罐的脸也朝南。笼罩在吸顶灯制造的暗影下，那张娃娃脸便斑驳了起来，这使得它空长了一张寓意丰衣足食的喜庆面庞，表情却像个农村的留守儿童一样惶然。

王亚丽姐妹就坐在桌前那把四脚不平的靠背椅上，面朝北窗。

　　她在等候一场交易。在嘈杂的噪声的缝隙里，身后传来压抑的响动。厨房里好像烧着水，卫生间的水龙头也打开了，带动着走势曲折的管道像动物园里的长颈水禽一样哀鸣起来。一会儿，又传来了换拖鞋、抹桌子的动静，似乎还在翻找着什么物件。交易的另一方想必正在为交易的内容做着准备。这一系列不厌其烦的流程，固然说明交易本身的来之不易，然而过分的郑重却令王亚丽姐妹体味到了一丝滑稽。退一万步讲，就算她果然是准备履行那场交易的，充其量不也就是那么两分钟的事儿嘛。也许脚底深处的上一趟地铁刚过，下一趟地铁还没来，交易就可以宣告结束了。那个年岁的人，再怎么鼓足精神，恐怕也像深夜时分的地铁，绝无增运的可能，而且随时都是末班车。

　　出于某种含混的怜悯，王亚丽姐妹甚至想要催催对方了。赶紧的，时间来得及的话，或许还能尝到点儿甜头。但那么做不仅会令她显得很敷衍、很不"敬业"，甚而还会显得她在捣乱，存心坏了事了。坏了对方的事，这倒无所谓，坏了自己的事，后果就是她没力量承担的了。王亚丽姐妹自认为是个理智的人，她懂得权衡利害。

于是她打开人造革坤包，拿出一只塑料化妆盒，对着镜子扑起粉来。事到临头还要补妆，这个态度可以解读为童叟无欺，当然也有着保持镇定的作用。王亚丽姐妹又抬起腕子，看了看手表。她本来是不戴表的，今天特地翻出了那块价值不足两百的石英表，是因为担心进来了就不方便频繁地打量手机——那会惹人生疑。表盘上呈现着有机玻璃构成的珠光宝气，表针指向十点刚过。在这个时候，街对面的烧烤店、居酒屋和零食铺子正在招揽最后一拨生意。而交易必须要在那些闲人或忙人全都散去以后才能开始，这也是事先规划好的。王亚丽姐妹在此前所需要做的，无非是拖延时间和拿捏火候。

好在对方似乎也不着急，因此这个步骤意外地难度不大。坐得稍久，王亚丽姐妹就有点儿走神了。外面过了一队趁夜进京的大卡车，远光灯把窗前这一小块地方照得通体银白，形成了近乎璀璨的幻象。仿佛她这个人正在熠熠发亮，又仿佛这个房间并不是真的，而是追光之下的舞台布景，只等事情一完，统统可以拆除。王亚丽姐妹心里便也涌起了一点儿真真假假的感慨。她扑了最后两下粉，思索起了一个问题：

此情此景，是怎么发生的呢？

一个印在画儿上的干瘦的外国男人，拜你所赐。

2

王亚丽姐妹的念头滑到了几个月以前。那时还没人
称她为"姐妹"。

同样是一个火热的、噪声隳突的夜晚，同样是在
麦子店，她正坐在地铁站东头那座大厦底商的台阶上，
等面包。每天晚上十点，距离打烊一个小时，这家起了
法文名字挂了英文招牌的面包店就会打出歪歪扭扭的手
写中文告示，宣布所有食品一律半价。王亚丽的选择通
常是一根比她小臂还长的"法棍"外加一盒酸奶和一瓶
橙汁，够她明天的早饭和午餐了。如果赶上发工资，或
者到了那些看似所有人都在庆祝，她也不好意思不"意
思"一下的节日，她还会犒劳自己一块镶了樱桃的芝士
蛋糕，或者一份烟熏三文鱼沙拉。

"果粒橙"替她算过账：即使每天只吃"法棍"

5

外加酸奶橙汁，即使每天都能等到半价，她在伙食上的花费也将高达三十多块，这就要比煎饼加鸡蛋灌饼或者红烧牛肉方便面加老坛酸菜方便面的组合昂贵得多。对此，"果粒橙"摇头叹气地评价：

"自以为占便宜，其实还是吃亏。自以为会过，其实还是不会过。"

有时王亚丽也叹气："买的不如卖的精。面包都软塌了，橙汁都不是鲜榨的了，放到第二天，保证没人要。不过好歹干净，吃了不会闹肚子，对不对？"

还有时她脾气不好，口气就有点儿硬了："反正没花你的钱，我爱吃啥就吃啥。"口气一硬，就带出了河南话的底色，铿锵如唱戏。

对于王亚丽的辩白或反驳，"果粒橙"的答复一律是："你说你是傻呀还是贱呀？"

王亚丽就瘪瘪嘴，不说了。反正甭管顺着说还是反着说，她都说不过他。傻和贱，必须二选一。况且类似的对话通常发生在一张铁架子床的下铺，再过一会儿，室友中就可能有人破门而入，因此俩人必须还得抓紧时间折腾点儿别的。

但等说完折腾完，王亚丽再买吃食，仍会坐到面包店所在的底商台阶上去。

　　这似乎就与她对麦子店这个地方的认识有关了。王亚丽来到北京两年多，此前住过北六环内的回龙观，也住过南五环外的旧宫，都是在健身俱乐部教人跳操。有时是拉丁热舞操，有时是韵律拳击操，有时是动感单车操，用"果粒橙"的话说，操是一个操，换个姿势接着操。这话很不好听，但她却暗自承认说得有理：要不是有胳膊有腿就能干的活儿，自己也不至于两年多没涨过工资，还净让人把工作顶掉。再说回居住地点的问题，无论是回龙观还是旧宫，给王亚丽的感觉都不像是在北京。不就是工地、高楼外加让人眼晕的立交桥嘛，现在中国哪个城市不是这样，别处也许还多了几棵树呢。那些地方的人，王亚丽也不喜欢：他们早上像打仗一样挤车上班，晚上像逃难一样挤车回家，回了家就把灯一开把门一关，此后与外界隔绝联系。这些人仿佛从没意识到自己生活在"北京"。

　　而麦子店就不同。这里有二十四小时不关门的咖啡馆，有经营各种没用的小玩意儿的文创商店，有上演"不插电音乐"和"无台词话剧"的酒吧书吧。如此种种，使得几十年前遗留下来的工厂宿舍和报废车间滋生了古怪的生机。这里的人虽然也是南腔北调、忙乱不堪的，但他们在忙乱之余，似乎又总在琢磨一些别的事儿——不在眼前的事儿，虚无缥缈的事儿。所以半夜有人抽风大笑，清晨有人痛哭流涕，不分昼夜都有人喝多了躺在马路牙子上晾肚皮。总而言之，麦子店是既陈旧又洋气，既真实可感又令人费解的，因而便让王亚丽感到既亲近又陌生。也正是这份亲近与陌生，让她觉得自己终于来到了北京。

当然，在两站地之外的"燕莎"和"凯宾斯基"，在电视新闻里才见过的天安门城楼上，似乎还有着另外的北京。但那些北京，就是王亚丽摸不着也想不到的了。

也正是在麦子店的气息的激励下，王亚丽暗自决定，要用一种全新的态度应付生活。开在东三环写字楼里的那家健身房还给她取了个英文名字叫Elly，那么Elly也需要培养适合Elly的饮食习惯。但这个理由不能向"果粒橙"说明，否则他除了认为她傻和贱，还会加上一条"作"。而Elly或王亚丽的想法是，"作"就"作"吧，人生能有几年"作"。要是不"作"，她就该留在老家结婚生娃奶孩子。她有个初中同学的乳房都能甩到肩膀后面去了。

那天晚上运气不好，"限时优惠"的招牌还没挂出来，面包店里又拥进去七八个人。都是穿着西服挂着胸牌的公司职员，大概刚加完班。这种人的夜宵通常是由经理请客，因此才不必像她一样专程等候半价，并且越买亏了越解气。王亚丽只希望他们手下留情，别把她盯上的东西拿光了。然而运气的确不好。货架上所剩不多的品种几乎被一扫而空，装"法棍"的木筐里也只留下了孤零零一根格外细格外短的，还从中间断掉了。

王亚丽不由自主地起身，站到店门前，隔着玻璃望着那根发育不良的残疾面包，又抬头瞥瞥挂在收银台后墙上的石英钟。离十点还有不到十分钟了。店里那个满脸蝴蝶斑的女收银员却仿佛猜到了她的心思，故意朝外扫了一眼，然后划开手机看起了电视剧。惨遭虐待的韩国儿媳妇哭天喊地，那声音刺激得王亚丽胃里一紧，口水也像女主人公的眼泪一样毫无节制地奔涌出来。然而她也只能继续等着。在很多个类似的夜晚，王亚丽都产生过进去央求对方把半价时间稍微提前的冲动，但随即又打消了念头。几分钟的事儿，晚点儿可以吃得理直气壮，早点儿就有了要饭的感觉了。她来北京又不是为了要饭的。

于是，就那么几分钟的工夫，那个干瘦的外国男人降临了王亚丽。

来的当然不是他本人，而是一个和王亚丽差不多岁数的女孩。这姑娘个头不高，梳个马尾辫，背着双肩书包，胸前还抱着一摞书本，乍看倒像个刚下课的学生。她从街道尽头拐过来，沿着写字楼的侧面往地铁站的方向走去。帆布鞋踏地无声，因此王亚丽起初并未察觉——她的注意力还集中在那根面包上。而眼前一晃，学生样的姑娘就不知何时跨上台阶，站在了王亚丽眼前。身边没别人，对方是冲她来的吧。

"能耽误您一点时间吗？"女孩的话也证明了这一点。

南方口音很重，大概才来北京不久。王亚丽的第一反应，这大概是个推销的，要不就是乞讨的。否则陌生人，尤其是同性之间的搭讪还能有什么目的——就连问路都不大可能，现在谁的手机里都有地图。但无论是推销还是乞讨，她都找错人了。因此王亚丽对那姑娘的态度，就像蝴蝶斑女收银员对王亚丽的态度一样，故意把眼睛绕过了对方的脸，假装无动于衷——然而架势又有轻微的不同——并非彻底的视而不见，而是眼风一晃，在对方的目光里轻巧地盘桓一个瞬间，这才擦着对方的耳郭滑到了远在天边近在眼前的不知什么地方。

这种神色也是王亚丽来了北京以后才学会的，她常看到健身房里的一些女顾客对着男教练、男销售或者半熟不熟的男顾客使用它。那里面包含着轻佻的傲慢，意思大概是"我不想搭理你，但你也挺有意思的"，或者"虽然你挺有意思，但我还是不想搭理你"。很可惜，王亚丽施展这种眼风的机会不多，顶多也就是跟"果粒橙"，而那家伙的反应常常是：

"你他妈的面瘫了？"

但也许恰恰因为眼风里那点儿多余的悬念，面前的女孩并未被王亚丽打发走。她反而顿了顿脚，以更加执着也更加抱歉的口吻继续发问："就说两句？"

王亚丽只好把眼神拉回来，反问："你有事？"

女孩随后的话令她错乱："这位小姐，你信主吗？"

"哪个主？"

"耶稣呀。"

"他爸是上帝那个？"

"否则还能有哪个主？"

"哦哦，那爷儿俩。"王亚丽愕然地挤了挤眼，看起来就真有点儿像面瘫了；而面对这样一个问题，她也只有实话实说，"当然不信啦。"

"这不打紧。那么你考虑过信主吗？"

"不考虑。"

"这也不打紧。了解了解总是好的。"

说着，女孩两手一伸，将抱在怀里的书本捧到了王亚丽面前。她比王亚丽矮了半个头，那副姿态就像是谦恭地奉献什么东西，同时闪烁着水汪汪的大眼睛。这样的眼睛是很让王亚丽羡慕的，她总在想，如果自己也拥有一双化妆品广告里的明眸，而不是中原人常见的细眼睛单眼皮，那么当她希望展示心里那些优雅的风情、惆怅的风情、迷惘的风情时，也就不会遭到以"果粒橙"为代表的男人们的无视乃至嘲弄了吧。她有些沮丧地低下头，看了看女孩手里的书。都是些薄薄的小册子，大小和健身房的课程介绍差不多，印刷却远不如课程介绍精美。封面上有个白袍长发的外国男人，长得干瘦干瘦的，好像从小到大没吃过饱饭，但却用慈祥的、怜悯的眼光打量着她。那男人的容颜背后，还拢着一团光圈。

人家的意思是让她拿本书吧，免费赠阅。可王亚丽实在懒得伸手。她不动，对方便继续捧着。两人僵在那里，客气、陌生而又相互有些羞怯。

"谢谢，我真不需要——"

"现在不需要，将来也许有需要。"

"我也没时间——"

"翻一翻就好，并不耽误什么的，对吧？"

对方像个过分敬业的推销员，因其热忱，所以不懂眉眼高低。那叠沉甸甸的小册子在细瘦的腕子上架着，仿佛王亚丽要是不拿一本，她就坚决不会放下似的。借着面包店玻璃门里涌出的灯光，王亚丽看到女孩按在书本边缘的手指甲都发白了，两手还微微颤抖，大概正在尽力克服紧张。时间一长，她都替女孩感到累了，而且有点儿过意不去。

类似的事情王亚丽也是干过的，每个健身房开业初期，都会把教练们"撒"出去，向超市和地铁口的人群发放宣传彩页。姐，瑜伽舍宾。哥，游泳健身。大部分遭到推介的人们都会面无表情地经过，哪怕把彩页硬塞进他们的腋下，得到的反应也是机械地一甩胳膊匆匆离去，留下一片油光闪亮的臀肌腹肌胸大肌在汽车尾气里上下翻飞，最后瘫在地上哆哆嗦嗦。那感觉既好像在给流水线上的工业制品粘贴转眼就会脱落的标签，又好像发放彩页的人才是注定徒劳的机器。而如果偶尔有人停下来看上两眼，有心无心地向王亚丽询问两句，那么几乎会令她涌起感激之情了。不管你推销的是什么，推销者其实都相当于为了推销的内容而受着委屈。说到底，饱满的肌肉先生也好，干瘦的外国男人也好，都不容易。也正因为这点儿感慨，王亚丽便无可奈何地笑了一笑，从女孩手捧的小册子顶端取了一本，却不看，径直夹在了胳膊肘底下。

而王亚丽这么做的另一个原因，则是面包店里又有了动静。那位满脸蝴蝶斑的收银员已经从柜台后面绕了出来，将半价招牌挂在了门口。有必要结束这次推销或者传教了，如果这时突然再插进来一位顾客，把唯一的那根"法棍"抢走，那这个晚上可就真是倒霉透顶了。因此，王亚丽的下一个动作是决然转身，向着锃亮的玻璃门奔了过去。

"主会对你好的。"女孩在她身后说。

好像还说了别的什么，可她压根儿没听。

但王亚丽没想到，这个晚上还有另一个插曲在等着她。那是当她夹着胳膊端着托盘，来到收款台前的时候了。收银员低头扫着码，酸奶，原价十六现价八块，橙汁，原价十五现价七块五，这都是照章办事。偏偏那根原价二十现价十块的"法棍"被拿起来，转眼又放下了。

收银员抬起头，告诉王亚丽："这根有残缺，不能卖了。"

"可就剩这么一根了……"王亚丽抢白似的申辩。

收银员笑了："您就凑合着吃吧，不收钱了。"

在那一刻，王亚丽只觉得对方脸上的蝴蝶斑扇动着，真像一只美丽的蝴蝶。看来这个晚上不只有坏运气。那么好运气又是从何而来的呢？难道是自己那可怜巴巴地等待半价的样子在今天显得格外可怜？还是韩国电视剧的作用，贫苦出身的儿媳妇终于感动了豪门恶婆婆，使得这位收银员在一瞬间决定与人为善，大赦天下？至于王亚丽的第一反应，则是迅速把面包揣进了纸袋，像怕对方反悔似的——然后才找补一句：

"那多不好意思，要不是最后一根……"

收银员又笑："知道您爱吃我们家'法棍'，明儿早点儿来。"

这就相当于不仅给了她一根免费的面包，甚而给了她一份免费的面子了。而直到王亚丽捧着食品袋离开面包店，又往前快步走了几十米，她才觉出一条胳膊绷得发酸，同时感到肋骨被什么有棱有角的东西硌得作痛。是那本小册子，刚才一直在腋下夹着，竟忘了它的存在。王亚丽一松胳膊，任由那东西像只残废的鸟，扑棱着翅膀坠到地上。她本想就这么走掉算了，反正那位执着地发放小册子的女孩已经不见踪影，反正大厦的保安和街上的治安巡逻员早就下了班，没人会为乱扔废纸而呵斥她几声，反正……

恰在这时，她觉得有人在看她。

其实也没人，而是路灯的光从头顶上方倾泻下来，穿透了她的头发，浓缩了她的影子，恰好照在小册子微微颤抖的封面上。那个干瘦的外国男人熠熠发亮，脸旁的光圈也在蓬勃地晃动。他的笑容仿佛活了，正以一种无所不知的目光凝视王亚丽。这自然是一个短暂的幻觉，究其原因，大约是光与风的交互作用。但竟令她心里一颤。

王亚丽想：没那么灵验吧？

3

　　翻开那本小册子，却是一个月以后的事儿了。

　　拖了这么久，倒也不是有意怠慢，而是任谁也不能给根面包就和画儿上的陌生男人亲近起来。但也许是心里一颤的缘故，那本小册子便终究没被王亚丽弃之不顾。她弯腰把它捡起来，掸掸尘土，夹回了腋下。可等拿到屋里又成了累赘：她那张下铺铁架子床的床头摆着牙缸肥皂盒，床尾摞着脏的、干净的衣物，床底下则塞满了惯于搬家的人必备的两三只旅行箱；属于自己的空间就这么一点儿，别说"果粒橙"来时会抱怨"折腾不开"，就连一个人睡觉都局促得喘不过气，当然也就容不下一本来路不明的书了。于是王亚丽没多想，扭脸进了厕所，把它插进了房东遗留在暖气片上的那摞《知音》、《女友》和《故事会》杂志中间。这也是她们这套出租房里唯一存放读物的地方。

放在厕所也没看。现在的人坐马桶都爱刷手机，没人翻杂志。再说一间屋里住四个人，一套三居室里住十二个，大家共用一个卫生间，只要下班回来，大号小号川流不息，谁能让你充满闲情逸致地霸占马桶？于是又一扭脸，王亚丽就把受了恩赐的事儿给忘了。

再想起来，还是因为王亚丽她妈给王亚丽打了个电话。

本来母女俩是很少联系的，甚至不像亲人更像冤家。这就要说到王亚丽还不被称为王亚丽，而是叫作王鸭梨的年岁了。怀她时，她妈犯口渴，成天叫嚷着要让她爸去给买鸭梨，她爸门倒是出了，鸭梨却一只没带回来过，当时他正抓紧时间跟粮店那娘们儿鬼混。她妈为一口吃的致气，就给女儿取名叫鸭梨。还是上派出所登记的时候，人家觉得这名字像成心捣乱，这才由户籍警做主改成了亚丽。不过从小到大，哪怕上了学，认识的人仍然把王亚丽唤作王鸭梨。又是在王亚丽或王鸭梨五六岁的时候，她爸的事儿就败露了。粮店那娘们儿的丈夫来抓奸，结果在储存富强粉的大铁箱子里捉住了两个雪人，据说都躲到那儿去了，还在赤条条白晃晃地耸动。又据说粮店卖的大饼馒头里常能吃出头发、腿毛以及不知什么地方的毛，原来是这俩雪人爱情的证明。粮店那娘们儿先离了婚，也逼着王鸭梨她爸离。她爸一算计，反正待在老家那个小县城，从老婆孩子到工作都没什么意思，索性就离，净身出户，和那娘们儿一起出门找活儿干去了。俩人目前在郑州火车站卖大饼馒头。

自此，王鸭梨跟着她妈过活。她妈看不上王鸭梨，把王鸭梨视为前夫遗留的历史负担，阻碍了她去追求新生活；王鸭梨也对她妈有敌意，因为她妈对外一心追求新生活，对内就免不了处处克扣自己。到了初中毕业，王鸭梨本来有志上高中考大学，她妈却表示供不下去了，给王鸭梨报了个职高，还是幼儿体教班，为的是体育生可以减免伙食费。又到了这几年，她妈也不管她干着什么工作、过着什么日子，就连对她沿着铁路线漂流到了哪里都没概念，少有的几次联系女儿，无一不是变着花样要钱：表弟结婚、姥爷过寿，乃至拐弯抹角不知什么亲戚的生老病死都能成为理由。她觉得王鸭梨既然"出去了"，就该能挣钱，既然能挣钱，就该替她爸补偿自己。最狠的一笔，说是老家棚户区的房子要拆迁，补偿款不够买新房的，政府要求预缴一笔钱才能排号，张口就削走了三万多，那几乎是王鸭梨辗转了几个县市又到北京打工的积蓄总和了。如果不是把钱都给了她妈，原来的王鸭梨后来的王亚丽也不至于连个单间都租不起，更不至于买个面包都要守在店门口等半价。

如上种种，使得王亚丽看见手机上跳出个河南号码时，心里便咯噔一声。那是个晨光稀薄的黎明，她醒得比别人早，又被室友的呼噜和磨牙声搅得再合不拢眼，正一人躲在厕所里，一边走形式地坐马桶，一边迷迷糊糊地玩儿着手机里的连连看。设成静音的电话执拗地颤抖着，而王亚丽却一直耗到游戏里那只奇形怪状的小动物宣布game over之后，这才点开了通话。同时，她不得不彻底回神，考虑自己的妈为什么要这么早找自己。这才不到七点钟，有那么迫不及待，非要打个突然袭击？又同时，她妈那些五花八门的说辞在她的脑子里重新过了一遍，而指向的目标只有一个。王亚丽心里又咯噔一声。

王亚丽她妈的声音传了出来，却是洪亮而喜庆的：

"鸭梨呀？"

还苹果呢，还香蕉呢。王亚丽招架道："你找我？"

"瞧你说的，打你电话可不是要找你。你咋样？"大嗓门里竟夹杂着几分关切。

王亚丽便直言相告"不咋样"。上个月的工资倒是快发了，公司却突然说要先交三个月的宿舍租金外加押金，此外还有跳槽到城里来的介绍费、管理费……这些都要从她的收入里扣，所以别说拿不到几个子儿，不倒欠着人家一笔就算不错。她的右腿膝盖又在撕扯着疼了，是在体教班落下的旧伤，被二百多斤的男老师按着身子压腿压的，如今贴膏药已经不管用，跳操的时候一高抬腿就浑身冒冷汗，到医院去拍个片子又得几百块。新开的健身房倒是离住处不远，交通费用或许可以省下一些，但城里客人多，每天五六堂课连轴转，而在试用期间，课时费又是不计入工资的。总之她累得像只牲口，穷得像只牲口，能维持的生活水平大概也并不强于一只牲口。说的都是实话，即使略有夸张，也是在事实的基础上渲染了个人感受。而这些苦处以前竟没向妈吐露过，是因为从小到大就没和妈交心的习惯；今天之所以说这么多，则是因为王亚丽决定先发制人，提前堵住妈的嘴。

她妈听完，啧啧两声："知道你不容易……"

知道个屁，以前可没看出你知道。王亚丽窝着火儿说："那有事儿吗？"

她妈就沉默半晌。这半晌，王亚丽先是洋溢着恶狠狠的得意，以为自己的战术奏效了。再怎么横征暴敛的养殖户，也不能踩着鸡脖子硬逼它下蛋吧。但她又不自觉地冒出几分担忧：万一真有什么事儿呢？比如她妈上班的那个小厂开不出工资了，比如她妈晚上到县城广场边上摆的烧烤摊被工商抄了，比如她妈在外面打麻将欠下了赌债，债主找上门了——以前问王亚丽要的钱，多半是被填补在了生意或者牌桌上，这些她妈不说，王亚丽心里也清楚。不过还没等王亚丽提醒自己那些担忧是傻是贱，是自作多情，王亚丽她妈就又开口了：

"再瞧你说的，找你可不是有事儿吗？"

"啥事儿你说吧。"王亚丽脖子硬硬地一梗，简直像等着挨一刀了。

"你也别这种口气，不是钱的事儿。"她妈的口气更软了，几乎可以称得上温柔，还有几分抱愧似的；这可是王亚丽她妈给王亚丽打电话时从未有过的情况，但没等王亚丽再起疑心，谜底已经揭了出来："拆迁的事儿定下来了，政府说让办手续。"

"给了多大？"

"七十多平方米，一套两居室。"

"就一套？"

"原想着再要套小的，人家不答应。"

"手续啥时候办？"

"就今天，上午九点。"

"你咋不早说？"

"昨儿晚上才通知的，那些人贼得很。"

"就不能等等？"

"人家催呢，说再不去就算抗拒，政策又变了。"

"可我现在怎么过去，火车票都来不及买……"

"知道你忙。"说到这儿，王亚丽她妈的口气突然就从容了，轻松了，仿佛卸下了一个悬而未决的包袱，"我的意思是，我就过去签了呗，先把房拿下来再说。"

"不是签名必须得本人吗，那我的名儿……"

"形势不等人。咱们是娘儿俩，还顾得上那么多。"

说完便又沉默半晌。这半晌，王亚丽尽力想让脑子运转起来，然而却发现这很艰难。她开始一阵一阵地发蒙。而仿佛是为了打消王亚丽让脑子运转起来的努力，王亚丽她妈偏又扯起了别的。这也是她妈的习惯或云战术之一：每当表示"事儿就这么定了"时，她都会兴致勃勃地顾左右而言他。

总算没太跑题，接着说的大致也和拆迁有关。谁家亲戚在省里上班，多分了一套房；谁家给拆迁办的塞了钱，先挑了好户型；谁家敢玩儿命，政府的人一来就抱着煤气罐子上房顶，结果人家可不吃这一套，先抓进班房关俩月再说。至于她们这种没关系没钱又没胆量的，与"那帮龟孙"打交道时，就更需要技巧。什么时候该硬，什么时候该软，什么时候该憋，什么时候该放，都得拿捏得恰到好处，和做买卖以及打牌一个道理。你不算计别人，就要被别人算计了。为了不吃亏，王亚丽她妈还专门去向一位老家在邻县，已经经历过一轮拆迁的

"朋友"取经，又伙着几个邻居到县委、县政府门口睡了两晚，消耗了半脸盆的鼻涕眼泪，这才争取到了今天的结果。

"还行了，"说到这里，她妈不禁骄傲了起来，"咱们家户口本上少一人，按说面积超不过六十平方米，不过最后还是给了七十多。人家也劝我别闹了，我再不软政府就该硬了，到时真找个由头把你弄进去，说理都没地方说去……"

对于这番聒噪，王亚丽听得声声入耳，但又好像一个字儿都没往脑子里去。她仍在发着蒙，以至于当她妈停下来，电话里就只剩了咝咝的杂音。话头讪讪悬了会儿，这才又被她妈接上。近的说完了，只好说远的，但务必要硬着头皮说下去。

接着说的就近乎一个笑话了，还是她妈的那个"朋友"讲给她妈的。笑话的主角是邻县一光棍，年纪长相都不详，唯一值得说道的，就是这人信主。再把话岔开一句，在她们老家那一带，信主的很多，替主传道的也有不少。王亚丽有个同学的妈也信过主，给她讲过摩西分开红海，讲过五饼二鱼喂饱千人，不过后来却不信了，因为信主之后反倒下了岗。而在王亚丽的印象里，主爷儿俩虽是外国人，却洋溢着她所厌弃的那股土气。再说回王亚丽她妈所讲的事儿，那光棍是从上个世纪就信上的，因未娶妻，就越信越虔诚，以至于家里的猪啊羊啊丢了也不去找，说主自有安排。村里人偶然碰上猪羊，好意送回来，他也不谢人家，而是跑到土坯教堂里去谢主。后来他家再丢什么东西，人家找着也不往回送了，大的到镇上卖掉，小的现宰了吃，反正卖也是替主卖的，吃也是替主吃的。而这光棍的老娘临咽气以前，居然掏钱给他从山里买了个瘸腿媳妇，结婚还是到土坯教堂办的，这也是光棍秉承主的意思。只是过不到俩月，瘸腿媳妇又跑了，嫌他家穷。跑了仍不找，说凡事听主的。

可再往下讲，笑话却变成了寓言：也就是前两年，他们那村要拆迁，别家都划归县城新区，偏是光棍家住得远，宅基地坐落在一条枯河对面，划归了省里立项的工业园。工业园由几家大企业承建，不缺钱，唯独工期紧，这就造成了同地不同价。别家只分得一套回迁房，光棍却此外又得了一大笔钱，还有工业园区里的两处商铺。突然之间，光棍就抖起来了，买了辆"帝豪"汽车停在村口，也不是为了拉活儿，而是为了兜风。其他方面也有收获，人家又给介绍了个邻村的寡妇。没想才把婚事议定，那瘸腿女人又一歪一歪地回来了，声称自己才是原配，同时受到法律及主的双重保护。仨人掰扯一阵，最后达成共识，咋过不是过，索性一块儿过，换班儿倒：一天寡妇陪光棍去兜风，瘸腿女人就在家做饭，另一天瘸腿女人去兜风，寡妇做饭。光棍自此就不是光棍了，成了一个亚当俩夏娃，或者配有两只茶碗的茶壶。

说起这事儿，光棍还和原来一样，只是脸上笑眯眯的："都是主的安排。"

又劝诫其他人："谁叫你们不信主。"

讲到这里，王亚丽她妈大笑两声，仍很洪亮，但声音从手机里传过来却是空洞的，仿佛为笑而笑。坐在马桶上的王亚丽却觉得腿发麻，同时脑袋又开始发蒙，也不知是坐久了还是被她妈的话给绕的。她便略往上提了提身子，想让自己保持清醒。谁想举着电话的那条胳膊一歪，就把暖气片上的一摞旧杂志碰了下来。从发黄发皱的一堆过气明星中间，忽然闪出一张外国男人的瘦脸，面貌慈祥，目光悲悯，脑袋后面还拢着个光圈。

王亚丽又感到那男人在看着自己，心里便没来由地怦怦跳了几下。而王亚丽她妈的话兜了一圈，从家里的房子说到别人拆迁，说到光棍信主，此时又说回了登记签字的事儿上："总之就这么个情况，本来我直接去签了也行，但一想，还是得知会你一声。怕你跟我闹。"

她妈又说："其实有啥可闹的。原来咱们是说好，拆迁款不够买新房，缺口你补上一部分，登记时把你名儿写前面——可现在不是来不及嘛。再说亲不亲，一家人，房本没你名儿，户口本也有你名儿，我是你妈，还能不叫你回家？我还怕你在外面野惯了不回家。"

最后她妈停止了说话，抛出一个语气词："啊？"

王亚丽只好答以一个语气词："啊。"

王亚丽她妈就适时地挂了电话，听筒里传出了一串儿嘟嘟声，而那声音也显得心满意足。王亚丽却仍坐着不起身，下边发麻，上边发蒙。一边发麻和发蒙，她便对着暖气腿边上的那本小册子出起了神。她在与画儿里的外国瘦男人眼对眼地互相凝视，一边凝视，一边就想着远的近的好多事儿。想她爸不要她，和粮店那娘们儿卖大饼馒头去了；想她妈不靠谱，拿了她的钱，到底用没用在买房上都不知道；想她在河南上体教班时，二百斤的男老师不仅按着她的身子压腿，压腿时还爱狠抓她的下体和屁股；想她喜欢过一男同学，仅限于喜欢的那种喜欢，对那人唯一的期冀，是能在毕业留言本上给她写句好听的话，也不枉喜欢一场，结果男同学写道，"王亚丽，我觉得你长得像一头驴"……

在那慈祥的目光下，王亚丽想的都是辛酸的事儿。再或者，她这二十多年只有辛酸。

接着，她便弯腰抄起了那本小册子，翻了开来，看了进去。在水汽腾腾的卫生间闲置了一段日子，小册子也像杂志一样发黄发皱了，好在字迹还算清晰。又好在虽是替主传道，里面的内容却并不晦涩，而是言简意赅的，每页还配有彩图。这种看图说话的形式也很适合王亚丽。那个与王亚丽无关的故事便从头讲起：话说创世之初，上帝用了七天……

啪啦啪啦纸响，王亚丽看过了亚当的肋骨做成夏娃，看过了伊甸园里的苹果和蛇，看过了大卫打败歌利亚。人一神游，轻易就能穿越洪荒，纵览千年。有些故事以前听同学信主的妈说过，模模糊糊似有印象，现在都按顺序串联在了一处。与此同时，她竟觉得心里舒坦了不少，她妈那个电话带来的猜疑和烦躁，远的近的回忆引发的心酸，统统不觉消弭。也许她想做的，正是用虚无缥缈的事儿代替实际发生的事儿，就像她妈爱打麻将，就像"果粒橙"爱幻想挣大钱，一打起来和幻想起来，屁股底下着火了都不觉得烫。只不过王亚丽恰好撞上了眼前这本小册子，所以她也有些感谢封面上的那个外国瘦男人。这时的感谢又和以前被恩赐了一根免费面包有所不同，虽然不实惠，但似乎也很有感谢的必要。

正这么想，厕所门外就响了。是睡她上铺那女孩："王亚丽，你拉完没有？"

王亚丽这才意识到，在接听河南电话并神游"流着蜜和奶的地方"之际，她已经坐了将近一个小时。后面还有十多个人呢，她们正等待着以更加务实的态度使用马桶。于是她挣了把劲儿起身，又掩饰性地按了下水箱，回道："这就完。"

外面人抱怨："屎怎么那么长。"

王亚丽搪塞："也不长，就是硬。"

说完，一里一外咯咯笑。虽然是女孩宿舍，可大家有时会故意说些脏的恶心的话，既能显示亲密，又有几分过瘾。而王亚丽刚笑完，就觉得眼前一黑，接着又觉得两条腿都不是自己的了。也许是坐得太久起得太急，再加上从睁眼到现在水米没打牙，她竟一家伙晕了过去。晕时的形状也很丑陋：连裤子都没提，屁股朝向天花板，两腿叉开，上身伏地，好像一只倒栽葱的青蛙。外面舍友听到动静不对，又扯着嗓子喊了几声，随后干脆叫来别人，一起撞开了门。这时王亚丽倒渐渐恢复了意识，她听到舍友们大呼小叫，那阵势简直像是自己已经死了，不禁稍微有点儿好笑。但再一摸脸，手上湿乎乎的，味道还是腥的。原来一头扎到了暖气片上，有如豫剧里唱的杨令公怒撞李陵碑，把脑门给磕破了。

那血从上往下淌，顺着脸流到下巴，王亚丽竟没顾得上自己，反而用干净的那只手抓起身下的小册子，顺势按在怀里，如同拢着一个婴儿。

她明白自己的样子大概是很吓人的，但与此同时，她又不想让舍友看到她刚才看的东西。小册子，慈祥的外国瘦男人，在一刹那变成了一个她不愿与人分享的秘密。出于这个心思，她疼也不喊，有人推她也不动，就那么双肩紧缩，脸贴地，撅着。

直到有人要叫救护车了，王亚丽才慢慢起身，扬起一张血脸笑了。

"没事儿。"她说。

4

至于王亚丽决定拜访坐落在麦子店的"团契",则是离那天又过去了一个月。去也不是有意信主,而是说来惭愧。

一头撞到暖气片上,她声称没事儿,但还是被室友架到医院缝了几针,此后一些日子也不能上班。等伤好点儿再去,健身房却仍然让她放假,怕的是跳操跳得伤口崩裂,溅一地血再吓着谁。当然,不管是请假还是被放假,工资不言而喻是要扣发的。因此王亚丽虽然成天躺着,心里却仍忙个不停。她得算账。算入账,算出账,算水电,算医药,算伙食。上学时做算术,她老觉得数目越大越难算,后来才知道钱的事儿正相反,大数不难小数难。听健身房的客人聊天,炒股炒房七位数的亏空,在人家嘴里就跟开玩笑一样,到了她这儿,必须精确到个位数和小数点后一位数，那些数目就怎么也掰扯不开了。

况且王亚丽还背着个负担，就是"果粒橙"。那张臭嘴也要吃她的喝她的。

俩人是在回龙观认识的，当时王亚丽在健身房教人跳操，"果粒橙"在中介公司帮人卖房租房。下班都晚，都爱到附近一家烩面馆吃烩面，不同的是王亚丽吃烩面就的是蒜，"果粒橙"吃烩面也要来瓶果粒橙。因为吃烩面，他们知道了对方都是新郑一带人，一来二去算认识了；也因为吃烩面，一个春夜发起燥来，"果粒橙"就把王亚丽带到客户委托的房子里，不顾蒜味儿在沙发上将她给办了。办完之后嘿嘿笑：

"真是出门靠老乡。"把"靠"字说得格外重。

这是"果粒橙"其人的一大特点：不仅口风脏，而且每每能把脏话说出许多因地制宜的创意来。最早王亚丽还觉得好玩儿，甚至跟他学，进而又把几个室友给传上了，但时间久了，自己却先受不了了。受不了也不是因为脏，王亚丽自小也不是在耳根子干净的环境里长大的，而是因为她发现，"果粒橙"说脏话还有另一个与众不同之处。一般人随口说出的脏话，往往漫无边际，没有针对性，其效果就好像谁都骂了又谁都没骂，"果粒橙"却永远是目标明确：客户不能骂，领导不敢骂，谁跟他近谁跟他熟，他就专门拿谁开刀。这就称得上刻意和恶毒了。以前冲他妈去，过年往家打个电话都能把他妈给说哭了，后来是骂和他一起来北京的几个兄弟，终于把人家骂急了，合伙揍了他一顿，从此再不打交道；到如今，挨骂的义务就落到了王亚丽头上。她的长相、习性和工作统统被他损了个遍，说辞花样百出，意象却万变不离其宗，无外乎牲口、排泄物和交配运动。有时王亚丽幻觉，只要"果粒橙"一张嘴，她就变成了一头躺在粪坑里等待配种的驴。

逼急了王亚丽也反抗。有一次俩人正在铁架子床的下铺折腾，折腾到一半儿，"果粒橙"突然就停了，侧眼打量王亚丽，然后说："你那同学说得真他妈对。"

王亚丽正在闭眼承受，一时反应不过来，问："哪个同学？说什么？"

"果粒橙"认真地说："就是你跟人家发骚那同学呀，他说你长得像一头驴。从刚才的角度一看，你还真像一头驴，而且叫得也像驴。你妈逼，我是日了驴了。"

此情此景，此话就让王亚丽急了。她少有地发狠，抬起因为常年跳操而伤痕累累的腿，一脚把"果粒橙"从床上蹬了下去，而后赤条条地跃起反骂。她的脑袋在上铺磕了好几个包，声嘶力竭，嗓子都喊哑了。她把听过的想过的但从没出过口的脏话都向"果粒橙"倾泻了过去。这番疾风骤雨持续了足有半个小时，王亚丽才瘫回床上，呼哧呼哧喘气。她发现骂人也是一项体力活儿，比在床上折腾还累。

"果粒橙"却古怪地一笑："客观事实，你急什么。"

又指自己胯下："驴就驴，我还不如驴。"

还说："你怎么就不懂，骂你是把你当亲人哪。"

听他这么说，王亚丽就消停了下来，但却不是心情好转，而是陷入了索然之中。人活在世，都是爹娘生父母养，却非得如此卖力地互相贬损和自我贬损，动辄还拿牲口打比方，这让她觉得没劲透了。往近了说，二十多年白活，往远了说，生物学意义上的几百万年进化全都徒劳无功。王亚丽的索然似乎也传染了"果粒橙"，他跟着垂下头来，哑巴两声，仿佛对王亚丽像驴或自己一定要骂人的现状无可奈何。然而出其不意地，王亚丽又从这静默中察觉出了一丝温暖，那感觉好像在冷水里尝出了一滴眼泪。这就来自"果粒橙"把她当亲人的那句话了。还有谁把王亚丽当亲人呢？而王亚丽又是多么需要一个亲人啊。为了这个，她似乎就没必要质问"果粒橙"为什么专要辱骂她这个亲人了，相反，"果粒橙"的辱骂恰恰说明了她是他的亲人。起码在口头上，起码在铁架子床的下铺上。

而一定要给"果粒橙"的骂人找个原因，那也未见得是精神上出了毛病，也许反而是精神上的正当需求。这么说吧，人的情绪都得有个出口，记得在手机上看过一篇讲"和空姐同居"的网文，内容大部分都是扯淡，所以看完免费章节提示要收费时，王亚丽就把帖子删了，但有那么两句却让她若有所悟——作者的心得是，在工作中越是笑容可掬的人，在工作之外脾气就会越差，也就越需要找人泄愤。所以文中的空姐基本上就是一个泼妇的形象，而且也是在一张沙发上骂骂咧咧地把作者给办了，和"果粒橙"把王亚丽办了的情形差不多。真实的空姐是不是这样她不知道，她连飞机都没坐过，但通过观察同宿舍里那些干推销、导购和酒店前台的舍友，就觉得这个道理还是有一定现实依据的。与之相比，王亚丽本人的情况就要好一些，她的工作并不用与人过多打交道，尤其在跳操时，常常几十分钟背对顾客，那就堆着笑脸也是跳，拉着驴脸也是跳了。那么再以这个道理反推"果粒橙"，是不是也可以这样认为：那家伙对王亚丽越粗暴、越刻薄，也就越说明了他是个勤奋敬业的房产中介呢？

这也符合"果粒橙"另一个特点。事实上，王亚丽不得不承认，"果粒橙"不仅勤奋敬业，而且志向远大。"果粒橙"也爱算账，但和王亚丽又不是一种算法。王亚丽算的是手头那点儿钱够不够花，是聊以糊口的算，"果粒橙"算的却是将来挣多少钱才够花，而且还要算钱如何才能生钱，那就是体现着人生理想的算了。当俩人在铁架子床上骂完折腾完，"果粒橙"曾经不止一次对王亚丽掰扯过那笔账：他顶风冒雨骑着电动车带人看房，总算成交一单生意，业主拿五位数，老板拿四位数，他呢？七七八八也就是个三位数。这还是租，如果是买或者卖，收益的差距就更大了。凭他"果粒橙"的聪明才智，为什么要替人辛苦替人忙，凭他"果粒橙"的意志品质，为什么要人家吃肉他喝汤？

"我们店长就一傻逼，大写'壹贰叁'都划拉不清楚。"

"找一门脸雇俩人，招牌一挂就能开张。"

"他们干得，我干不得？"

简而言之，"果粒橙"的理想是开一家中介公司，自己当店长。按照他的说法，到了那时，王亚丽也不必再到健身房教人跳操，而是在店里管管账，当个老板娘就行——由此不仅相当于从体力劳动者变成脑力劳动者，甚而有了挺进那个不劳而获的阶层的可能性。

对于这个理想，王亚丽起初的看法是认为他过于乐观，但随后一想，究竟应不应该乐观，又得分在哪儿看待事情。如果是区区新郑小县城，一张嘴说出的数目字儿多了俩零，那不是喝多了就是诈骗犯，可谁让他们都来了北京呢？在北京，很多切实可信的事儿变得虚无缥缈了，但也有很多虚无缥缈的事儿变得切实可信了。

就比如王亚丽她妈声称要投资点儿什么，王亚丽打死也不相信会有好结果，可同样的话出自同在北京的"果粒橙"之口，她却隐约看到了什么令人迷醉的前景。而也正因为那份看似切实的乐观，王亚丽便对"果粒橙"多了些许景仰，甚而还从"果粒橙"的谩骂中咂摸出了贴心贴肺的意味。啊，王亚丽似乎明白过来，俩人的关系里，原来拐了这么个弯儿。

于是王亚丽说："等你当了店长，可不会看上别人吧？"

"果粒橙"说："你脑子进屎了？不都把你当亲人了嘛。"

王亚丽说："将来要真能开店，就开在麦子店呗？"

"果粒橙"说："这地方好在哪儿？连个学区也不是，房子还老。"

王亚丽说："那你说哪儿好？"

"果粒橙"说："望京呀，宇宙的中心五道口呀。不嫌远亦庄也行，别墅多。"

王亚丽说："我就觉得麦子店好……麦子店像北京。"

"果粒橙"说："别鸡巴扯了，还是脚踏实地，把店开起来再说吧。"

而一脚踏实地，却让王亚丽又生发出了一层认识：有的时候，脚踏实地的行动比虚无缥缈的幻想还要荒唐。进行完那番讨论，"果粒橙"突然宣布，他将执行一项个人财务计划，把每个月的生活费锁定在五百块钱以内，其他收入全存起来，用作将来开店的启动资金。

听到这个决定，王亚丽几乎觉得他在开玩笑，或者是想玩儿行为艺术，就像麦子店的咖啡馆里那些神神道道的艺术家一样。在北京，五百块钱一个月，谁信呀。对于她的质疑，"果粒橙"则恶狠狠地迸出几个"操"，但就不是骂王亚丽了，而是在给自己鼓劲儿。他进而教育她：财务管理是商业管理中最重要的一环，其诀窍就是从小处做起；现在市场竞争拼的是什么？拼的就是执行力，是把不可能变成可能。最后总结性地打鸡血：

"今天少花一块钱，明天开店早一秒。"

这话说得很像挂在毕业班教室后面的励志标语，"辛苦一百天，幸福一辈子""人生能有几回搏，此时不搏何时搏"什么的。无论是王亚丽还是"果粒橙"，当年都没参加过高考，没想到混到北京来，这一课还得补上。王亚丽也不得不佩服"果粒橙"那说干就干的气魄：话音刚落，他就退了出租房，搬到店里打地铺；再没买过一件衣裳，衬衫袖子底下破了就先夹着胳肢窝见客户；如果不是王亚丽坚决抵制，他恨不得连每次折腾时用过的避孕套都要晾干了下次接着使。原来"果粒橙"就是个节俭的人，吃烩面时喝的那瓶果粒橙从不在店里要，而是出门到小卖部去买，为的是省那两块钱的差价；到了现在何止节俭，简直是争分夺秒地自虐了。或许他必须用这种态度才能向王亚丽、更重要的是向自己证明，开店可不是说说就算的，而是势在必行的，不是远在天边的，而是近在咫尺的。

不过凡事并不绝对，"果粒橙"也不是在每件事上都能说到做到。

比如在那之后，他还曾经表示，以后就不能老来找王亚丽了，理由是跑一趟又费时间又费钱。可同样话音刚落，来的频率非但没变低，反而变高了。本来王亚丽在麦子店，"果粒橙"还在回龙观，俩人又都忙，不是你加班就是我加班，所以常常半个月才见一次，但这一阵，"果粒橙"就几乎是每个礼拜都露面了，有时恨

43

不得两三天就来一趟。刚开始，这个变化还让王亚丽挺欣慰，并且情不自禁地又想起了那句"把你当亲人"，但她随即发现，"果粒橙"再来时，却不像以前那样非缠着她要折腾一把了，而是随着一种肉欲的降低，另一种肉欲陡然高涨。驴火，过去能吃俩，现在起码五个；烩面，过去一碗就够，现在得两碗，还得另点三份单切的肉片，层层叠叠盖住碗口，捂得面汤里的热气儿都冒不出来了；就连临走前再吃个鸡蛋灌饼，都得额外多夹两根火腿肠。更关键的是，过去俩人吃饭，都是"果粒橙"结账，现在不了，他就那么木然地把脸一撇，咂巴着嘴等王亚丽掏钱。

很明显，他的打算正是进城狠吃王亚丽两顿，回去再硬扛着"素"几天。那么这家伙平时吃什么？干馒头就榨菜还是方便面泡烙饼？五百块钱的标准，再刨除电话费和交通费，想来也很难见到荤腥。也许他还只恨人没像牛一样长四个胃，一半用来消化，一半用来储存，那样的话，来一趟就更不白跑了。

这让王亚丽好气又好笑。她想起小时候，她妈带她去赴人家婚宴，去之前的两天只吃熬白菜，为的就是

44

到了席上玩儿命塞。记得有次席都散了，她妈还逼她又吃了两个拳头大的肉丸子，撑得她直翻白眼儿，回去时坐公共汽车颠吐了，她妈心疼得用钥匙扎她嘴。而跟女朋友还要这种小心眼儿，简直就像网上的奇葩段子了。难道省下他"果粒橙"的钱算省，挥霍她王亚丽的钱就不算挥霍了？如果这样，又何来"亲人"一说？最重要的一点在于，如上种种，在以前还算不了什么，反正再穷也不至于危及温饱，可等王亚丽磕了脑门又有半个多月没上班，竟然真成了问题了。王亚丽一边算账一边决定，必须得跟"果粒橙"挑明了说说。亲人也得明算账，为了理想也不能饿肚子，何况还是为了他的理想而饿了她的肚子。

那个周六，她正刷着手机发怔，"果粒橙"果然就来了。

进门"我操"两声，又指着王亚丽说："你怎么变成马王爷了。"

说的是王亚丽脑门上的那道疤。她自己也对着镜子照过，就在额头中央，缝了两针又凹进去一条缝，恰似老家庙里神像的第三只眼，而且也是竖着的。只不过马王爷的第三只眼是威风凛凛的，王亚丽的第三只眼却是红通通烂糊糊的，好像哭肿了。不提这个还好，一提这个她的火儿就上来了。真是一张臭嘴、贱嘴、忘恩负义的嘴。然而恰因打定了主意，王亚丽反倒没有发作，只是沉默地穿鞋、拿钥匙。"果粒橙"的眼神也从她的第三只眼滑向了挂钟，那钟正指着中午十二点。他来的目的明确，到达的时间也拿捏得恰到好处。

俩人就出门吃饭。以前这顿午饭常在小区门外的面馆解决，或者是到公交车站附近的驴火店，而今天，王亚丽也不征询意见，径直拐上大街，穿过十字路口，往地铁站边上的那幢写字楼走去。她走得嗓子眼儿里吭叽作响，脖子硬邦邦地绷着，从背影就能看出正在生闷气。而身后的"果粒橙"竟没再聒噪，一声不吭地跟着。转过通身透亮的玻璃楼体，那家起了法文名字挂了英文招牌的面包店便露了出来。

王亚丽几步跨上台阶，一把拉开了触觉厚重却又好似空无一物的玻璃门。当屋里的冷气迎面扑来，她才意识到，自从搬到麦子店，自己还是头一次在大白天走进这个地方呢。隔了昼夜之间的时差，这里几乎不认识了：人多得转不开身子，音乐的音量也比晚上大了几倍。收银台后仍站着那个满脸蝴蝶斑的女店员，却不再刷手机看韩剧，而是将两手并拢在围裙上，用标准化的微笑招呼：

"您好，要点儿什么？"

对方该是已经忘了自己吧，或者只记得晚上那个自己。王亚丽略一恍惚，把话原样传递给了"果粒橙"："要点儿什么？"

"吃饱就行。""果粒橙"惶惑地回答。

"那就这个，这个，还有这个。"点兵点将一般，王亚丽的手指依次戳过了栗子千层、巧克力黑森林和小脸盆那么大的芝士蛋糕。掏钱买完单，她端起托盘，走到一张靠窗的二人座旁，把屁股往椅子上一歪，又将东西往"果粒橙"面前一推："吃。"

"果粒橙"就吃，一张脸噼里啪啦嚅动。王亚丽则斜身侧眼看着对方。她做好了准备，假如"果粒橙"再敢拿这顿饭的性价比说事儿，污蔑她"傻"和"贱"，她就举起托盘，琳琅满目地扣到他脸上。越是糟践平时舍不得的东西，越有豁出去的快感，而她王亚丽今天还真打算豁出去了。有什么的呀，大不了一拍两散，大不了让人"操是一个操，换个姿势接着操"地白睡了半年而已，又没掉块肉。

"果粒橙"终于在吃的间歇开口了："你也吃？"

王亚丽哼了一声："没胃口。"

"果粒橙"便将托盘拽近些："那我再使使劲儿。"

王亚丽又哼了一声："饿着了吧？"

"果粒橙"说："那可不。"

王亚丽嗓子一哽："我也快挨饿了。"

接着，她便将近日来的算账结果通报给了"果粒橙"。声音不大，但丁是丁，卯是卯：六百二十块零八毛，这是交完了一笔外科急诊医药费后银行卡里剩下的数目；此外还有现钱一百一，合计七百三十块零八毛；用这些钱，她需要支付上个月分摊的水电费、下个月预缴的电话费以及坐车、买香皂和卫生巾等必要开销，关键是还有下下个月开工资之前的伙食费。能吃成什么样，你心里也有数，更关键的是，这饭就只够一人吃，不够俩人吃了。人要是能不吃饭该多好，充电也行，电费比烙饼馒头便宜。算了，不扯没用的了，反正你这样隔三岔五地过来卷一顿，我是供不起了。情况就这么个情况，我的意思你懂了吗。

王亚丽逆着浑浊的阳光，不紧不慢地说着。"果粒橙"则不得不停止了吃，目光却还附着在托盘上。等她收声，俩人又枯坐片刻，仿佛这一个以为那一个没听懂，那一个又以为这一个没说完。头顶有只飞虫扎进了电子灭蝇器，脆响一声，如同炸了个爆竹。

"果粒橙"这才又开口："都这鸡巴样了，你还买这些？"

王亚丽说："我想着，咱俩要是就此断了，这顿总得吃点儿好的。"

"果粒橙"说："那还不如去吃自助，我能吃黄了他个王八蛋。"

王亚丽说："吃不吃吧？"

"果粒橙"斜了一眼王亚丽："我找你，就图个吃？"

王亚丽也斜了"果粒橙"一眼："最近也没图别的。"

"果粒橙"便慨叹一声："王亚丽，你是傻呀还是贱呀。"

而当王亚丽刚一涌起掀盘子的冲动，"果粒橙"却抹抹嘴，从身后拽过尼龙书包，拉开最外的一层拉链，又拉开里面的一层拉链，掏出一个牛皮纸口袋，放在桌上，还用手抹抹平。这架势搞得王亚丽不由一愣，而低头看那口袋，上面印着房产公司的名字，显得鼓囊囊沉甸甸的。在"果粒橙"的眼神鼓励下，她捏着纸口袋上的棉绳逆时针绕开，把它掀开一条缝，就看见里面装着几摞钱，用猴皮筋扎在一起，形成了一块暗红色的小砖头。王亚丽一时怀疑自己出现了幻觉，赶紧把纸口袋合上，但随即又掀开瞥了一眼。

"别数了，四万七。""果粒橙"说。

"这一年只领底薪，提成都压在公司。好说歹说，今天让我取了。""果粒橙"说。

"不够开店的，还得接着攒，不过也快了。""果粒橙"又说。

他的话半句半句往外蹦，蹦了几段儿，才像上足了润滑油的拖拉机，突突突地顺畅起来。"果粒橙"先重申了自己执行那项财务计划的初衷：不是没钱，而是没有可以瞎花的钱，这样虐待自己，也是天将降大任于斯人的用意。接着又解释了非要到她这儿来蹭饭的原

50

因：不是不想吃，而是不想由自己做出吃的决定，怕的是手指头一松，意志就薄弱了，借助王亚丽，则可以减轻吃的负罪感，仿佛是她要求他吃，他也就不得不吃了。随后又对只顾自己励志，却疏忽了王亚丽的经济状况做出道歉：不是没想过她缺钱，而是没想过她缺钱缺到这个份儿上，那好，自己的积蓄以后就放在她这儿了，别说蛋糕，鲍鱼也吃得起。但有一条，他希望王亚丽替他掂量掂量：这些天他正在看房子，给不久以后的开店选址，麦子店这地方别看旧，但毕竟是在城区，租金可比回龙观贵多了，随随便便一间临街房，张嘴就要一万多一个月，而且还得一次性缴足三个月的房租，再加上简单装修和购置桌椅电脑的费用，前期投入怎么也得预备个七八万；如果再雇俩人，十万都打不住。也就是说，到底能在多远的未来实现咱们——注意，是"咱们"——的理想，终究还得取决于能从手指头缝里再攒下多少钱来。他这边的情况也就是这么个情况，王亚丽，你看着办吧。

这也是"果粒橙"自从认识王亚丽以来，少有的不夹杂牲口、排泄物和交配运动的一段独白，不仅说得清洁，而且说得恳切。说时一张脸仍在噼里啪啦地嚅动，仿佛不如此，就不足以把意思表达清楚。而王亚丽听完又愣了半晌，然后问：

"你说……店要开在麦子店？"

"可不，你不是喜欢这儿嘛。当然选这儿也不全是因为你喜欢，我又权衡了一下，和别处比，麦子店的房子虽然尽是老破小，可是外来住户多，老房主搬家的也多，所以甭管是卖是租，换手率都挺高。表面上看着一单生意赚不到几个钱，架不住细水长流啊，这种经营模式也适合刚起步的公司。""果粒橙"说着，又舔舔嘴角的一抹奶油，剜了王亚丽一眼，"你呀，这么不懂我的苦心，我是白把你当亲人了。"

王亚丽半晌没话。在此期间，"果粒橙"已经低下头去，一心一意对付起了那块小脸盆一般的芝士蛋糕，亮给她一个天灵盖。在这半个月没洗、头发纠缠凌乱的脑袋里，得藏着多少弯弯绕。就是个吃饭的事儿，还较着好几股劲，跟别人较劲，跟自己较劲，跟王亚丽对麦子店这个地方的爱好较劲。比起"果粒橙"，她王亚丽的想法可真是太简单了。那么现在苦心也懂了，亲人也当了，她应该感动吗，或者说，应该惭愧吗？

的确，她的鼻子一酸，差点儿就要哭出来了。林立的高楼挡住了风，城市的胳肢窝里藏着多少暖烘烘脏乎乎的东西，既让人厌烦，又让人依恋。这是麦子店特有的气息，也正是裹挟在这种气息之中，王亚丽目光迷离，心里揣着满满的一腔情义。

她没哭，却笑了："郭立城，你个孬孙。"

"果粒橙"回应她："王亚丽，你个傻驴。"

随后的这个下午，俩人回到铁架子床的下铺，也不管有没有被人破门而入的危险，足足折腾了一个钟头。在此期间，王亚丽一直体谅地侧着脸，为的是不让"果粒橙"看到她的第三只眼，从而感到身下压着一个马王爷。而"果粒橙"一边折腾，一边还在不厌其烦地叮嘱着关于那笔钱的注意事项：千万别让人看见，赶紧存银行，等他用的时候再来管她要；另外再说一遍，花也行，别瞎花，否则开店的计划可就——啊啊啊，我日了个驴。

"果粒橙"说一句，王亚丽就侧着脸应一声。等他轱辘到一边不动了，俩人又挤着喘了会儿，王亚丽忽然问："钱放我这儿，你不怕我跑了？"

"果粒橙"说："你不怕我把你宰了？"

王亚丽说："跑都跑了，你宰得着嘛。"

"果粒橙"居然含糊了："妈了个逼，你不会真跑吧。"

"你不说我是个傻驴吗，你不都把我当亲人了吗。"王亚丽搂住"果粒橙"，把马王爷的第三只眼贴在他的胳膊上，偷偷笑了；但随即，她却又突然发狠，照着他的膀子咬了一口，接着像宣誓一般说："你放心，那钱我要花了，就不是人揍的。"

"果粒橙"欣慰地嗷了一声。王亚丽便披上衣服，到卫生间里去洗，洗完又在马桶上坐了一会儿。而这时，她又看到了那本小册子，具体地说是小册子的一角。上次被舍友抬到医院之前，她匆忙把它插回到暖气片上的《知音》、《女友》和《故事会》杂志里了。一看不打紧，心里怦然又是一动。接着，王亚丽就把小册子抽了出来。封面上的外国瘦男人依然慈祥地笑着，脑袋后面拢着个光圈，眼神仿佛洞悉一切。但她才不管究竟被对方洞悉到了什么，径自捻着纸，哗啦哗啦翻着。这次看的却不是那些古代的、有影儿没影儿的传说了，相反，她是在寻找一则关于现在的具体事项。以前就依稀见过那句话，只是没往心里去，而在现如今的情形下，那团记忆就像枯水下的鹅卵石一样硬邦邦地顶了出来。

果不其然，就是这些话，位置在倒数第二页的边角上。那片字迹却不是印上去的，而是用圆珠笔后添的，旁边还有一串手写的电话号码，联系人叫作"岳小姐"。王亚丽从披着的衣服兜里掏出手机，照着号码打了过去。

"是信教的地方吗？"

"这里是团契。"

"什么是团契？"

"也就是信教的地方。"

"别说车轱辘话。缺人吗？"

"这位教友，不是主缺少你，而是你需要主……"

"怎么又说车轱辘话。我想去行不行？"

"当然可以。您以前在哪个教堂？"

"以前没去过。"

"新教友一样也欢迎的。"

"远吗？"

"我们在麦子店，您在哪儿？"

"那不远。对了，你们管饭吧？"

"您说什么？"

"宣传册上写的，有项活动是聚餐。"

"哦对……那是每次讲经结束之后……"

"每次？下次什么时候？"

"我们每个周日聚会。"

"周日？不就是明天吗？那好，明天见。"

5

后来按照岳晓芬姐妹的描述，王亚丽是在一个充满阳光的下午走向了主的所在，恰如一只迷途的羔羊。对于这个说法，王亚丽只有部分同意。那个周日天气确实不错，从张家口来的风突破了楼群的壁垒，将麦子店的天洗刷得扎眼地蓝了起来。然而就算走在一方爽朗的蓝天之下，她依然无法把自己想象成一只羔羊。她可没那么纤弱、无辜、楚楚可怜。

说实话，王亚丽已经习惯于被人比喻成驴了。

这头驴也不存在"迷途"一说。从哪儿来往哪儿去，此类问题不在王亚丽的考虑范围之内。如果一定要回答，那她就是从食不果腹的处境里来，朝着能免费填饱肚子的地方去。小册子里写得明明白白，只要来了都管饭，更何况那本小册子还是人家硬塞给她的，这就相当于热情地邀请她去白吃，她完全可以把这个举动理解为使用了一张快餐店的试吃券。再说了，小册子封面上的外国瘦男人不都已经赐予过她一根"法棍"了吗？这表明了人家的莫大诚意，她王亚丽也不能给脸不要脸，是吧？

话虽这么讲，在根据电话的指引走向"团契"时，王亚丽还是犯起了嘀咕。她终究没法把"蹭饭"和传统意义上的"要饭"撇清干系。这就又要说到王亚丽她妈对王亚丽的启蒙教育了。在小时候，王亚丽一惹她妈生气，她妈就骂她"卖逼的"，有时加以修饰，则是"小卖逼的"或"卖小逼的"。后来日渐大了，有次她妈吃了自己烧烤摊上的过期肉，拉稀拉得下不了床，王亚丽跑前跑后伺候了三天，给她妈熬粥，给她妈洗裤子床单，搞得她妈动了感情，拽过王亚丽的手摸了几摸，掉下两滴眼泪：

"你个卖逼的，还算有些良心，也有些用处。"

初具人格的王亚丽也哭了："往后别说我卖逼的了，行不？"

她妈就说："卖逼也比要饭强。"

进而讲起了她姥爷在饥荒年月逃难的事，那可真是惨绝人寰。中原一带人，很多家庭都流传着这种记忆。也就是说，在王亚丽她妈的观念里，要饭的屈辱远甚于卖逼。又可想见，如果不是出于一腔母爱，她就会管王亚丽叫"要饭的"而非"卖逼的"了。受其观念影响，后来出门找活儿干时，王亚丽也暗自立志：穷死不讨一口吃。正因为此，哪怕是每天晚上的半价面包，她也要一秒不差地等够时辰。

　　可现在来都来了，王亚丽也只好这么劝慰自己：蹭饭不是要饭，难道人家还能放狗咬她？与此同时，她还用理想来鼓励自己，具体地说是"果粒橙"的理想。如果理想还不够，那就再加上感情：人家把身家性命都押在自己这儿了，这不可谓不把她当亲人；既然已经是亲人，就决不能破了那笔钱，破了就辜负了。好歹先把眼下对付过去，她这边儿能省多少是多少，用省下的钱接济"果粒橙"，"果粒橙"吃饱了再去跑业务，等到有朝一日，真把店开起来了，而且果然开在麦子店，那不就皆大欢喜了吗？大不了到时再来一趟，吃了多少都还上，也就不算白吃了吧？权当向那画儿上的外国瘦男人借了个债。

　　心里打了几个颠倒，王亚丽便在理想、感情外加契约精神的鼓舞下，从麦子店南里穿到麦子店中里，又拐了个弯来到麦子店东里。在视觉印象上，她相当于从一片灰色矮楼出发，经过一片褐色高楼，最后钻进了一片暗红色矮楼。楼们无论高矮，一律都旧，据说原来分别属于纺织厂、水泥厂和化工厂，而现在厂子外迁，老房主搬的搬死的死，填充进来的新住户就是五花八门的了。有中国小年轻，也有外国老胖子，有娘里娘气的肌肉男，也有烟不离手的女白领，有西服革履的穷鬼，也有开着豪车的膀爷。在街边的一个网红面摊上，她还看见七八个身高接近一米八的艳丽女郎，或穿皮衣皮裙，或穿貂绒小袄，还有拖着露背晚礼服的，一律手捧海碗，辣得吸吸溜溜。也不知是等待试镜的模特，还是刚刚下班的"公主"。

　　"团契"所在的暗红色小楼则是所有旧楼中最旧的一幢，不仅没装防盗门，就连楼道的窗户都残缺不全了，远看好像生了坏疮的排骨。进了某个门洞，并未听到主的福音，扑面而来的反而是单田芳的评书。老艺术家的烟酒嗓从一楼右手边那扇斑驳的木门背后奔涌而出，一唱三叹，气势磅礴，充斥了楼道里那曲折狭小的空间。王亚丽被唬得一愣，接着便绕过一堆破纸箱和几辆自行车，沿楼梯爬上了二楼。仍是右手边，仍是一扇斑驳的木门，她一抬头便看见门上贴了张外国瘦男人的头像，脑袋后面拢着个光圈。

就这儿了。王亚丽敲门，未几门开，闪出一双灵活的大眼睛。她又想起，昨天接电话以及今天给她指路的，也正是一个温柔的南方口音，会把"四十"说成"丝丝"，把"牛奶"说成"流癞"的那种。原来"联系人岳小姐"就是当初发传单的女孩。再见之下，王亚丽的态度就有些腼腆了，也不开口，先抿嘴一笑。不管怎么说，蹭饭总是心虚的。

互看半晌，她才说："咱们联系过……我叫王亚丽。"

对方的眼睛明亮地一晃，以笃定的口吻招呼："王亚丽姐妹，欢迎你。"

随之，屋里也传来了高高低低、参差不齐的和声："王亚丽姐妹，欢迎你。"

这称谓猝不及防，又唬得王亚丽一愣。健身房里也把女顾客统称为"姐"：张姐，还续卡不？王姐，试试新来的植物蛋白？但人家的"姐妹"又和她们嘴里的"姐"有所不同。"姐"叫得赖不唧唧的，上来就有伏低做小的意味，而"姐妹"却透着郑重，郑重地把你当作一家人。只不过怎么就成一家人了？犯得着这么热络吗？就算一定要热络，也应该先搞清楚谁想占谁的便宜吧。一愣之下，王亚丽又沿袭了健身房里的习惯：

"各位哥，各位姐，我给大伙儿添麻烦啦。"

而岳小姐便让出门来，令王亚丽看到了屋里的情形。一套五六十平方米的老式两居室，朝北的卧室闭着门，过道空着，朝南的卧室里或坐或卧了十来个人，男女都有，平均年龄足有六十往上。其中一个坐着轮椅的老太太已经满头银发，却打理得一丝不苟，乍看好像开了一朵盛大的白色菊花。老人们中间歇点缀着两三个年纪小的，也与街上常见的年轻人不同，不是一边肩膀高一边肩膀低，就是手边放着一对拐，唯———个貌似精干的小伙子还歪在了光板床上，下身盖副毯子。这就更让王亚丽惶惑起来，她眨了两下眼，既纠正对方也纠正自己："咱可不能乱了辈分……"

岳小姐一只手指放在唇边，轻轻嘘了一下，又指向靠门的一个马扎，示意王亚丽坐下。接着，所有人都捧起一本厚书，大约就是《圣经》，却不发声，而是听一个油光水滑的中年胖男人讲了起来。仪式已经开始，王亚丽迟到了。当然迟到也有一多半是故意的，聚餐不是要在"讲经"结束之后才开始嘛。

讲经其实就是念经。胖男人穿身皱巴巴的黑西服，头发打了蜡，湿漉漉地梳成了个大背头。他被众人簇拥在床头，大屁股几乎占据了半张床，这就给人一种错觉，仿佛他像山一样牢牢压住了歪在床上的那个小伙子，而后者正在奋力地试图从他的屁股底下挣脱。除了胖，这男人的另一个特点是他的嗓音：既厚且软，仿佛塞满了棉花又在温水里泡透了，听来不像男声，反倒令人想起女中音歌唱家关牧村。讲的是什么呢？自然不是打起手鼓唱起歌，骑着马儿翻山坡，而是《圣经》里的一段故事。具体又是哪段故事？这就不知道了。其实王亚丽本来也想听一听，并且煞有介事地支棱起了脑袋，好像一只凝神侧耳的驴——这个姿态又有一多半是做给岳小姐看的——然而故事没头没尾，人名也既乱又绕，一时难以分清谁是谁的谁，更重要的是，王亚丽从早上到现在只喝了两碗凉水，这时肚子已经空得发慌，实在难以集中精神。没过多久，她的脑袋就耷拉了下去，变成了一只俯首垂耳的驴。

王亚丽正在难以自抑地滑入梦乡。在梦里，她仿佛又回到了小学课堂。

小学六年，没吃过一顿早饭。她妈跟粮店有仇，自从她爸和那娘们儿跑了，就没去买过大饼馒头，"怕吃出逼毛"。加之厂子时常开不了工，为解决生计，开始摆摊卖烧烤，头天熬到夜里一两点，次日起不来，干脆省一顿。大人省一顿无非睡觉，孩子省一顿就在课上没精神。熬到受不住，还是得睡觉。偏偏王亚丽的班主任也很有创意，对付睡觉的学生不用粉笔头射击，而是准备了一块磨刀石大小、共鸣能力极强的惊堂木，看见谁趴下了，先诡秘地努嘴挥手，让全班安静下来，再蹑手蹑脚来到那孩子面前，猛地把惊堂木往桌上一拍。睡觉的学生如同被罩进鼓里又狠捶一记，每每反应不一：有的像火箭一样往天上发射，有的手舞足蹈乱哆嗦，有的两腿一软出溜到桌子底下。到了王亚丽这儿，效果最具有戏剧性。她常常腾的一下站起来，在老师面前立正：

"我不敢了。"

接着就觉胯下一凉，原来已经尿了。尿了也不敢回家洗，继续在课堂上坐着，等待自然风干。自从发现这个特性，老师倒是放任她睡觉了，其他学生却有了事儿干。王亚丽一旦再睡，他们就会钻到讲台边上去找惊堂木，找不着用铅笔盒也行。他们很希望除了尿以外，把她的屎也给吓出来。可惜王亚丽肚子里没有存货，实在不能满足同学们的期望，倒是由于频繁小便失禁，把大腿内侧沤出了疹子，一睡着了就会下意识地伸手去挠。

同学便会向老师汇报："王鸭梨又在抠逼。"

七岁看老，这个童年的习惯一直保持到了现在。于是此时，屋里就呈现出了这样一幅场景：在大胖子那舒缓醇厚的讲述之中，在众人那凝神屏气的倾听之中，唯有坐在小马扎上的王亚丽歪着脑袋，咂着嘴巴，一条涎水从嘴角滑出来又吸溜进去；与此同时，她毫不设防地叉开双腿，一手弯如鸡爪，有条不紊地游走于其间，一会儿在左边的大腿根挠挠，一会儿在右边的大腿根挠

65

挠。她挠得相当用力，指甲在尼龙运动裤上摩擦出了咯吱咯吱的尖叫，也分不清她到底是左边痒还是右边痒，其实只有王亚丽自己知道，她挠的是多年以前早已不存在的痒。这姿态当然是很不恭敬的，不过居然一直没人对她抗议。对于那些人来说，仿佛屋里并不存在着一个王亚丽，又仿佛不管王亚丽做出怎样的举动，他们也还是他们。

——啪！

和上小学时一样，王亚丽又是被一记惊堂木给吓醒的。那声音如此清脆，如此响亮，而且近在耳边，震得她空荡荡的脑壳回声不断——再加上肚子里的饥肠辘辘和大腿根的隐隐作痛，这些似曾相识的感观印象，令她在一瞬间真以为自己穿越了回去。在众目睽睽之下，王亚丽腾地弹了起来，笔直地立正。她出了一身冷汗，扯风箱一样大喘了两口气。

随后，王亚丽才又回到了现在，回到了麦子店的旧楼房。

和上小学时不一样，此刻她的两腿之间总算没有湿漉漉地发凉。在关键时刻能憋住尿，这恐怕是她长大成人之后唯一实质性的进步。而当王亚丽既晕头转向又心有余悸地打量着油光水滑的大胖子，打量着满头银发的老太太，打量着歪在床上的小伙子时，身边又有人拍了拍她。是岳小姐。那女孩柔软地摩挲了一下她的手背，用同样柔软的声音说：

"不怕，没事。"

又说："主和我们在一起。"

人家这么一说，王亚丽居然不再害怕，而且听话地坐了下来。主在哪儿？没看见。但她知道有个人正在柔声细语地安慰着她，仿佛自己真是一只纤弱、无辜、楚楚可怜的羔羊。而这种腔调和这种态度，又是她长了这么大从没体验过的，王亚丽甚至被弄得羞涩了起来。她很想扭过头去看一看岳小姐，但才扭到一半，又不好意思地转了回来。她只能假装发呆地盯着前面一个老男人斑秃的后脑勺，并且陷入了另一个疑惑：方才那记骇人的声响是从哪儿来的？惊堂木到底拍在了她的耳朵眼儿里还是记忆深处？

答案接踵而至。就在脚下，声浪一波一波地涌了上来，响彻四面八方。那是一个典型的烟酒嗓，苍老，遒劲，澎湃，在它的冲击之下，这栋矮楼的墙板仿佛薄如蝉翼：

"话说董卓乱长安，各路诸侯征战虎牢关——"

王亚丽记起来，在她上楼时，一楼的楼道里就飘荡着这个噪音。单田芳还是单田芳，不过刚才说的好像还是《白眉大侠》，现在却变成了《三国演义》。又不过，《白眉大侠》的音量还没这么大，到了《三国演义》就简直震耳欲聋。不只王亚丽，满屋子的人都悚然一惊，纷纷抬起头来，好像一群被扯着线往上"提溜"的木偶。不过也看出来，他们对于单田芳的破墙而入又是有所准备的，起码没像王亚丽那样反应强烈。大胖子舔了舔嘴唇，老太太皱着眉揉了揉太阳穴，小伙子在床板上抽搐了两下。

"要不先停停？"大胖子问。

"停停就停停。"老太太附和。

"也别天天停。"小伙子反对，"一会儿又忘了讲到哪儿了。"

讨论莫衷一是，楼下的单田芳却更加声势浩大，不仅震得地板发颤，简直就连头上的管儿灯都恨不得跟着摇晃起来了。这么一会儿工夫，关云长已经斩了华雄，策马回营，来到帐内，其酒尚温。至于王亚丽，她的耳朵里杀声震天，肚子里更是金鼓齐鸣，如果有人征询她的意见，那她只有六个字儿：先吃饭，吃饱散。反正耶稣也好，关云长也好，都不在她的关心范围之内，就算他们打起来也无所谓。

可惜事情并不如她的意。众人面面相觑一会儿，又把目光一齐转向了岳小姐。这女孩文文静静地坐在旮旯，此刻却成了这么多人的主心骨。在十几双眼睛的注视之下，岳小姐便站了起来。她的眸子还是亮晶晶的，神色却出奇的安详。

她说："心里有主，杂声再大也不能扰乱我们。"

众人点头。就连带头叫停的大胖子也说："岳晓芬姐妹说得对。"

王亚丽便知道了岳小姐名叫岳晓芬。岳晓芬姐妹又说："唱支歌吧。"

接着也不征询别人的意见，径自唱了起来。她的声音不大，甚而有点儿虚弱，许多长音唱不完整，拖到一半就只剩了无声的吐气。然而也怪了，一时之间，王亚丽似乎只听到了岳晓芬姐妹的歌声，比那歌声喧嚣了无数倍的单田芳，却降格成了可有可无的背景——就像河水里落进了一片树叶，任他波浪翻滚，树叶却总也不会沉没。

跟随着岳晓芬姐妹，屋里的其他人也唱起来了：

　　主，你是盛开在

　　沙仑的玫瑰

　　谁不切慕喜爱将你采归

　　你如那膏油馨香绽放四溢

　　你艳丽芳香秀美

　　谁能不为你，倾倒跪下降服

　　谁能不为你迷恋陶醉

　　谁不为你倾心向往竭力追随

　　有主无怨无悔

　　你让我一生拥有你那芳香的玫瑰

　　因你在我的里面我就秀美

　　因你在我的里面

　　我就永远艳丽芳香秀美

这歌儿只有王亚丽一人不会唱，但她不得不张着嘴，也跟着哼哼了几声。这是因为岳晓芬姐妹一边唱，还一边拉住了她的手。在岳晓芬姐妹的示意下，王亚丽只得伸出手去，又拉住了边上另一个人的手。屋里的人你拉着我，我拉着你，结成了一个极不规则的环形，在这环形之内，正如岳晓芬姐妹所言，杂音再大也是不能扰乱他们的。一曲终了，屋里仿佛静谧了下来，就连空气和光都凝固了。

然后大胖子拿起了厚书，照本宣科地朗读了起来。

然后屋里的人纷纷坐正，恢复了肃穆听讲的姿态。

然后王亚丽又瞥了一眼岳晓芬姐妹，却发现对方亮晶晶的眼睛变得更亮了，再一细看，居然泛着泪光。但也很惭愧，王亚丽大概是岳晓芬姐妹感染范围之内唯一的死角。她很想表现得像个好学生，再竖起耳朵听听大胖子究竟念了什么，然而伴随着饥饿的加剧，这次装模作样的努力很快又归于失败。不仅大胖子那非男非女的声音，就连响如洪钟的单田芳她也听不进去了。别人是过滤了《三国演义》而保留了《圣经》，王亚丽则是将两段故事一同屏蔽在外。她的意识里只剩了一个念头，这个念头如此强烈、执拗而又纯粹，那就是："团契"号称管饭，到底是真是假？

等到悬念终于揭晓，就是天将将擦黑的时候了。窗外的艳阳变成了落日，饱满而缓慢地往麦子店的楼群深处坠去。王亚丽已经在半睡和半醒之间切换了几个来回，这时又叉着腿，两手插在腿中间却不再挠，而是手指搅缠在一处；她的脸仍旧扬着，半张着嘴，呼扇着鼻子，向浑浊不堪的空气打开了全部腔孔。突然之间，她闻到了食物的味道，并敏锐地分辨出了谷物的芬芳和肉类的肥腻。不只是流着蜜和奶的地方，哪里的土地都提供着朴实而丰厚的献祭，千年源源不断——只是搞不明白既然如此，为什么还有人会三天两头地挨饿。王亚丽啪地睁开眼睛，脑子也像通了电一般复苏，看到岳晓芬姐妹从外屋走了进来。那女孩手里捧着一只硕大的瓷盘，盘子里堆满了黑乎乎硬邦邦的东西。

"李琴姐妹带给大家的。"岳晓芬姐妹说。

"面包熏肉，也没什么好吃的，图个方便。"满头银发的老太太从轮椅上欠了欠身，那朵盛大的菊花微微一颤。看来她就是李琴姐妹。

"李琴姐妹以前去过外国。"大胖子又解释道。

"阿尔巴尼亚。"李琴姐妹补充。

王亚丽是距离瓷盘最近的人，她既庆幸于这个位置上的优势，又庆幸于屋里即将发生的人数变化——并不是所有人都在等待这顿简易的晚饭。几个老年人站了起来，对李琴姐妹道了谢，又对岳晓芬姐妹点点头，就无声无息地走了出去。他们离开的理由是去买菜，或者是去接孩子，而他们看起来的确也与菜市场里、学校门口常见的老年人没什么两样。也就是说，继续留下的人们可以享用更多的面包熏肉。假如平均分配的话，原来只能吃个半饱，现在就可以像模像样地把肚子撑起来了。

王亚丽一边算计，一边不等岳晓芬姐妹示意，已经把手伸进了瓷盘。这时就没什么不好意思的了，她认为自己既然干坐了一下午，那口吃食便是她耗来的、熬来的，没有功劳也有苦劳，没有苦劳也有态度，这就与"要饭"有了本质区别。但她出手如风，目标明确，先抓起来的却不是那块最宽最厚的面包夹肉，而是一块相形之下瘦得多的"面包屁股"。

这个选择就是基于另一种算计了，还是王亚丽她妈教给她的。在人家婚宴上吃丸子，王亚丽她妈会把最小的一个先夹给她，并热情地招呼桌上的其他孩子"拣大的塞"。王亚丽一旦抗议，她妈就会在底下狠拧她的大腿根，又拽着她耳朵问：

"你个傻孬，数数碗里还有几个？"

王亚丽一数，剩余的丸子，果然不够每人再分一个的。这样一来，能否吃到第二个丸子，就取决于第一个能否速战速决，先夹了小丸子的反而占了便宜。原来她妈强调的不是谦让精神，而是吃饭的战术。后来王亚丽果然吃了俩丸子，可惜又在车上颠吐了。时至今日，这个战术依然有效，当岳晓芬姐妹正小口咬着第一块时，王亚丽已经抓向了第二块，就连大胖子的第二块都没有消灭掉时，王亚丽已经在对付第三块了。按照这个局面，如果持续不停地吃下去，她将势必比别人多吃一块面包夹肉。正式开吃之前，岳晓芬姐妹还带着大家又进行了一次祷告，"感谢主，赐我食"，但王亚丽实际上要感谢的却是她妈。

然而这顿饭行将结束时，王亚丽才发现自己的算

74

计白费了。当时她已经成功地塞下了第三块面包夹肉，往盘里一瞥，还剩着七八块之多。与她一起吃饭的人是如此缺乏竞争力，别说满头银发的老太太了，就连大胖子都吃到两块就打着饱嗝停了下来。饭量最小的是岳晓芬姐妹，她那块只掰了一半慢慢啃完，剩下的半块放进了一个"乐扣乐扣"塑料饭盒里。这要是"果粒橙"来了，还不吓死他们。这样想着，王亚丽不由自主地懈怠了下来，同时涌起了胜之不武的惭愧。她暂时打消了再接再厉的念头，出门走到厨房，对着"撅尾巴管"咕咚咕咚灌下几口凉水。而等她喝完水再回来，便又看见岳晓芬姐妹正在打开一只干净的塑料袋，将盘中剩余的面包夹肉仔细地摞好，放了进去。

"吃好了吗？"岳晓芬姐妹抬眼看向王亚丽。

王亚丽脸上一紧。对方的话里是否有别的意思，是嫌她吃得太多还是吃相不好看？或者早就看出了她来到此地的真实意图？而当她含含糊糊地嗯了一声，岳晓芬姐妹的手就递了过来。是那个装满面包夹肉的塑料袋。与此同时，岳晓芬姐妹朝李琴姐妹投去询问的目光，李琴姐妹也没说话，只是点了点头，盛大的白色菊花又微微一颤。

塑料袋就留在了王亚丽手里，没人多看一眼，好像方才的赠予行为从未发生。

王亚丽当时也没想到，这不经意间的一交一接，从此还成为了她与岳晓芬姐妹之间的固定动作。后来每当"团契"结束，岳晓芬姐妹都会把聚餐剩下的食物打好包，递给她。

空了手的岳晓芬姐妹又收拾起桌椅板凳来，还从厨房拿了把扫帚，将房间的地面扫了一遍。王亚丽却一直怔着，看岳晓芬姐妹干活儿。身边的人依次与岳晓芬姐妹告别。李琴姐妹是被大胖子推着轮椅出门，又叮当作响地扛下一楼的；就连歪在床上的小伙子也吭吭唧唧地爬起来了，原来他断了腰，走路必须扶墙。

直到屋里几乎空了，岳晓芬姐妹才抹了把额上的汗，又转向了王亚丽：

"王亚丽姐妹，再见。"

"再见。"

王亚丽挤出一个尴尬的笑，转身，出门，下楼。来到一楼门洞，她的步子才不得不黏滞下来，这是因为面包正在凉水的浸泡下膨胀，撑得她胃里隐隐作痛。与此同时，她还觉得耳朵空落落的，仿佛少了点儿什么。为此，王亚丽专门凝神倾听了一会儿，随即反应过来，原来是单田芳的评书也消失了。耶稣基督，关羽曹操，一切中国的、外国的源远流长的传说皆尽归于虚无，单留下一个既拥挤又空洞的人间，恰如此刻王亚丽的胃和耳朵。

6

以上是王亚丽第一次参加"团契"的经历，从此就成了常客。

每周一趟，连吃带拿，就连后面两天的伙食也捎带着解决了，省下的饭钱正好支援"果粒橙"。不夸张地说，"团契"帮助王亚丽熬过了一个多月的饥荒。

其实对于找主蹭饭这事儿，本来的打算是三天打鱼，两天晒网——也别老去，最好有个间断——这是因为王亚丽观察出来，"团契"的聚餐有个松散的制度，即大伙儿轮流请客：这次老太太拿了面包熏肉，下次大胖子就会预备打卤面条，再下次岳晓芬姐妹还会专程出门去买现烤的桃酥。这样一来，要是哪天轮到了王亚丽，她该怎么办？舍得请吗，请得起吗？厚着脸皮不请的话，就算主没意见，追随主的人能没意见？

同样的道理，单田芳也是讲过的——王亚丽也观察出来，每当讲经讲到一半，一楼的评书声总会轰鸣而至，这几乎成了雷打不动的节目。如今《三国演义》已经从虎牢关说到了徐州城，对于吕布这个一心多吃多占的白眼儿狼，人家刘备没往心里去，张飞可先不干了，哇呀呀要斩了三姓家奴。作为一个蹭饭的人，王亚丽听了深受教诲。她反复告诫自己要懂得看人眉眼高低，可别哪天就被下了逐客令。

但定下的打算却没执行，原因又有两个方面。

其一当然是王亚丽的钱包。账已经算得很清楚了，几百块钱要应付一个多月的开销，她也只能去蹭别人的，坚持不懈地蹭，细水长流地蹭，正如"果粒橙"要来蹭她。至于另一方面，就涉及"团契"对她的态度了——那些人到底是真大方还是假大方？是真客气还是假客气？是真不嫌弃她还是假不嫌弃她？带着这样的问题，王亚丽又进行了反复而细致的观察，得出的结论是：也许她遇上了好人，也许她遇上了蠢货。

尤其是岳晓芬姐妹。不管是面包夹肉、打卤面还是桃酥，王亚丽永远是吃得最多的那一个，而岳晓芬姐妹则永远会笑眯眯地把食物递到她手里，最后再把剩下的替她打包。又不管王亚丽在讲经的时间里流口水、打呼噜还是被噩梦吓得直哼哼，岳晓芬姐妹总会柔软地握住她的手。岳晓芬姐妹的手很凉，很轻，几乎感觉不到力气，却令王亚丽蓦地一暖。但当她忍不住抬头去看岳晓芬姐妹的脸时，却发现对方那双亮晶晶的眼睛正盯着别处——不知看向哪里，仿佛正看着眼前这片空间背后的某个所在。

王亚丽在乎的事儿，人家压根儿不在乎。人家在乎的另有其事。

而在参加"团契"的经历里，假如说岳晓芬姐妹也曾对王亚丽流露过不满，就是在最近的那一次了。那也是个明媚的晴天，斗室里光影斑驳，挤满了迷途的羔羊和一头饥肠辘辘的驴。大胖子照常念经，其他人照常倾听，岳晓芬姐妹照常两眼发亮，王亚丽照常叉着腿打瞌睡。时光流走到某个点上，照常有啪的一声惊堂木响，吓得屋里的人纷纷一耸。但也许是早上喝多了水，也许是前段日子没上班，在家睡得太饱，这次王亚丽一耸之后却再也睡不着。在骤然清醒的状态下，她往四周打量了一圈儿，只觉得单田芳的山呼海啸格外闹心，又觉得这么多人一动不动地坐着格外乏味。于是她站起来，轻轻走了出去，先到厕所尿了一泡，尿完却没回屋，而是在这套小小的两居室里转悠起来。

转也没什么好转的，统共巴掌大的地方，还有一间小屋关着门。王亚丽已经知道那是岳晓芬姐妹的房间，她就住那儿。租了一套房子却把大屋留给别人用，这钱可花得真够值的。王亚丽一边可惜，一边就在既做过道也做门厅的那方空地上下了下腰，活动一番坐麻了的两条腿。右膝盖里还扯着筋疼，前些天回健身房上班，跳操时差点儿一屁股坐到地上。新伤只留下了脑门上浅浅的一道疤痕，旧伤倒似乎越来越严重了。等手头宽裕了，还是得去拍个片子。这么盘算着，她又斜眼瞥见了小方桌上的一个布口袋。

今天轮到大胖子预备饭食。每逢负担这个责任，他都会拎着这么一个口袋出现，口袋上印着"公交集团第×公司"。王亚丽也听说，大胖子是公共汽车总站的调度员。车队吃饭像打仗，最常吃的就是面，因此当王亚丽打开布口袋，露出来的还是面。小指头粗，灰里带黄，不像市场上买的机器面，而是头天擀好的手工面，面上还摆着一些西红柿和鸡蛋。

看到这些东西，王亚丽的心里转了转，一时动了个念头。

她将布口袋拎到小厨房，不紧不慢地操作起来。家伙什儿都是现成的，但却摆放得一片狼藉，盐罐子醋瓶子天上一个地下一个，头天用过的锅、碗还泡在水池子里。别看岳晓芬姐妹长了副干干净净的模样，也总把隔壁那间用于"团契"的卧室收拾得干干净净，但一进到厨房里，就暴露了她还真不是个过日子的人。而王亚丽就正相反，长得浮皮潦草，住得浮皮潦草，偏偏对于和吃有关的劳作决不浮皮潦草。一阵哗啦作响，锅碗瓢盆收拾得井井有条，就连煤气灶都抹得锃亮。然后她把面抖搂利索，再抓把淀粉撒进去，务必要使它们根根分开；西红柿洗好切块，鸡蛋依次磕进碗里搅匀。

做完这些，恰好听见隔壁一阵歌声升腾起来，冲破了单田芳的铺陈夸张，缓慢而悠扬地在房顶盘旋。按照以往的经验，每当众人一起唱歌，讲经也就接近尾声了。王亚丽赶紧把大铝锅烧上水，又往小铁锅里倒进油去。刺啦一声，鸡蛋膨化成了一张金黄的大饼。

当王亚丽回到大卧室时，大胖子果然已经收声，合上了厚书。屋里木然半晌，这才有人闻到了香味儿，愣愣转过头来。他们看见门半开着，门口站着一个王亚丽，两手端着一口大锅。热气氤氲上来，笼罩了她那张既羞涩又热忱，但终归有点儿发怯的笑脸。

楼下的单田芳还没停，说的是："当日曹操犒赏三军，大宴群臣。"

而王亚丽说的是："大伙儿都饿了呗？"

说罢将锅往茶几上一蹾，锅里红黄分明。又折回去拿筷子拿碗，还拍了下岳晓芬姐妹的肩膀："来搭把手儿呀。"在潜意识里，王亚丽很想为这顿晚饭营造出一团和气的气氛，她甚至将众人凑头呼噜呼噜吃面的景象想象成了团圆的场面——谁又说生人在一起就不叫团圆？而此后的情形，也在一定程度上如了她的愿。大胖子先端碗，给李琴姐妹捞上，岳晓芬姐妹也依次给另几位活动不便的人士发放餐具。众人便凑头吃，呼噜呼噜直响。吃的间歇，还有人评论王亚丽的面做得比大胖子好，筋道，有嚼劲儿，卤也咸淡适中。又有人问王亚丽哪儿的人，怎么这么会做面。

王亚丽说："河南人，没吃过好的，就是面上不能含糊。"

人家便哦一声，又问她是做什么工作的。

"跳操。"王亚丽说，"操是一个操，换个姿势接着操。"

说这话时正吃得忘形，顺口引用了"果粒橙"的名言。等她反应过来说错了话，就发现李琴姐妹已经停了筷子，愕然地看着她，盛大的白色菊花又是一颤。于是王亚丽的脸微微涨红，咧嘴笑了。她放下碗站起来，煞有介事地蹦跶了两下：

一，二，跟我来呀，

二，二，加把劲呀，

后面的朋友要加油——

众人哄堂而笑。不仅李琴姐妹和大胖子，就连歪在床上的小伙子都欠起了半个身子，好像一只充满好奇心的海豹。刚才沉静安详的一群人，笑起来却没心没肺的。王亚丽也支棱着两条胳膊，对他们报以同样没心没肺的笑。笑完又说："你们要是愿意，以后讲完经，我领大家跳操。都坐一下午了，动弹动弹身上也舒服。"

没人响应她的提议。王亚丽这才反应过来，别说屋里跳不开了，就是跳得开，眼前这些人坐轮椅的坐轮椅，歪床上的歪床上，也没几个能像她一样蹦跶。于是她再次为说错了话而感到不安，同时更加滋生出了一种冲动，就是为这一屋子老弱病残做点儿什么。毕竟吃了人家的喝了人家的，不能白吃白喝吧。又毕竟，她几乎从未被人和颜悦色地对待过，因此有人给个笑模样，她就觉得欠了人家的。

所以王亚丽又提议："要不这样也行，以后做饭的事儿我包了。谁再把东西带来，直接往外屋桌上一搁，你们该讲经讲经，我一人出去拾掇。等经讲完了，咱们正好趁热吃，两不耽误。除了面条，别的我也会做，从小在家就干活儿……"

相比于跳操，她的这番主动请缨就激发了众人的兴趣。事实上，王亚丽早看出"团契"的聚餐其实都是瞎对付了，甭管什么原料，凑凑合合弄热了就行，甚至连

85

热都懒得热，比如赶上李琴姐妹带面包熏肉和岳晓芬姐妹去买桃酥的时候。当然这也怪不得别人，和不能跳操一个道理，那些人里又有几个是手脚麻利能干活儿的？算作"生活基本自理"都属于放宽条件了。尽管因为白吃而嘴上不好抱怨，但王亚丽的肚子早就暗中抱怨了；而人的肠胃都是相通的，听到她这么说，立刻有几个人眼睛一亮。

大胖子说："那敢情好。"

李琴姐妹说："不过还是不好意思。"

歪在床上的小伙子说："要不下次我买点儿丸子白菜，咱们先来一砂锅？"

而当讨论的议题正要从"谁做饭"进入"吃什么"时，就有一个人站了起来，是岳晓芬姐妹。她也不吭声，默默地将众人面前的碗筷一撂，颤颤巍巍捧进厨房。片刻回来，手里多了一把扫帚，又开始清扫地上的浮土了。岳晓芬姐妹的目光仍是明亮的，但脸色却有了那么一丝冷意，无声无息地渗入空气里。她一摆脸子，其他人便都知趣地住了口，互相帮携着离开，走前还不忘说声"再见"。岳晓芬姐妹也一如既往地对他们说

"再见"。

　　这就单把王亚丽晾了出来。她讪讪地站在大卧室的正中央，挂着尴尬的笑，不知所措地看岳晓芬姐妹干活儿，情形就像头次来时一样。

　　然而混了一个多月，终归是熟了，王亚丽随即恍过神来，立刻抄起一块抹布，跟在岳晓芬姐妹后面打扫起来。人家没拿正眼看她，不过倒也没阻拦她，这让王亚丽稍安了安心，同时她又思忖：岳晓芬姐妹对自己有什么不满呢？是嫌自己搅乱了"团契"那肃穆的气氛，还是嫌自己当众邀功卖好，抢了她的风头？

　　后一种情况，在健身房里也不是没发生过。刚跳槽到麦子店这边时，王亚丽或Elly作为新人积极表现，不光见了顾客就咋咋呼呼地喊"哥"喊"姐"，而且手脚也不闲着，人家问饮水机在哪儿她就给人端水，人家问鞋刷子在哪儿她就给人擦鞋。不想就有别的教练看不过眼了，三天两头给经理递小话儿，说Elly扰乱了他们的教学，还说Elly勾搭男顾客。当然，人家不满也不是没道理，健身房的教练底薪都低，增加收入全靠卖卡和卖营养品的提成，因此各自那些顾客，尤其是人傻钱多的优质顾客，就成了必须捏在手里的稀缺资源。据说还真有为了业绩跟顾客到酒店开房加练的。只不过其他那些教练对待王亚丽或Elly的态度又有不同，除了竞争意识，还夹杂了欺生和歧视在内。"也不瞧丫那张脸，勾搭上了也得让人从后面来"，王亚丽就听到过一个说话比"果粒橙"还脏，还恶毒的北京郊县文身女这样评价自己。而她磕了脑门就被硬逼着放了半个多月的假，后来知道也是那些人明里暗里撺掇的结果。要按对付"果粒橙"的脾气，王亚丽非跟对方拼了不可，但她好歹也是少小离家漂泊闯荡的人，知道该低头时得低头。因此等到伤愈复出，重新回到健身房去上班，端水擦鞋这些事儿她就不给顾客做了，而是改为服务其他教练以及店长经理。

此时对待岳晓芬姐妹的态度也一样。王亚丽风风火火地擦干净了床头和椅背，接着就将岳晓芬姐妹手里的扫帚也给夺了过来。对方本来还要抗拒，但哪儿有王亚丽这膀子力气，她简直像大人跟孩子抢东西似的，一掰就把扫帚把儿掰在了自己手里。

"等会儿我再擦擦窗户，咱们索性来个大扫除。这么多灰呛不呛？你看你都咳嗽了，要不回屋歇着，外面有我一人就行。"王亚丽一边理直气壮地忙活着，一边碎碎叨叨，最后仿佛不经意地抛出一句，"……不生我气了吧？"

这时她才侧身瞥了瞥岳晓芬姐妹。岳晓芬姐妹倒像有些尴尬地站着，手足无措地看着王亚丽。一时间，俩人的位置打了个颠倒。而这对于王亚丽却是个好兆头：抬手不打笑脸人，更不打勤快人，这条人生真谛在哪儿都颠扑不破。她心里更踏实了，手上的扫帚也挥舞得更加卖力，就连楼下的单田芳用口技模仿的千军万马，都像是在给她加油鼓劲儿了："嘚儿嗒嘚儿嗒，别让曹操跑了哇！"这房子太老，四处透风，加之一天之内人来人往，地上的浮土竟有不少。王亚丽把土撮堆儿扫进簸箕，走出大卧室倒进垃圾篓里，随后又看向了门厅的斜对面，岳晓芬姐妹那间紧闭着的卧室门。在一不做二不休的惯性中，她拎起扫帚走了过去，一边抬手推门，嘴里还在碎叨："还有这屋呢，也就一顺手儿……"

但指尖刚一感受到木门的分量，她就听见岳晓芬姐妹叫了一声："王亚丽姐妹。"

叫得生硬，甚而惊惶。在印象里，岳晓芬姐妹似乎从没发出过如此响亮的声音，以至于让王亚丽登时身子一僵。好在那扇木门只被推开了一条缝，随后就被小卧室窗户里吹进来的风掩上了。这时王亚丽才意识到自己的举动越了界：叫你一声姐妹也只是"团契"里的姐妹，谁还真把你当姐妹了？说到底，怪只怪王亚丽从没像个"人"那样完整地居住过，小时候跟她妈挤在一间平房里，出门干活儿又永远是住集体宿舍，所以竟忘了还有"私密空间"这个概念。这么一想，她更加显现出了低人一等的羞愧。

王亚丽转头朝向岳晓芬姐妹，脸上讪笑，搓着双手。

这时，岳晓芬姐妹却问王亚丽："你来这儿，是想做什么？"

这个问题不仅突兀，而且直接戳中了王亚丽的心窝子。这就让她连假笑也笑不出来了。她不仅不知道该如何作答，而且不知道岳晓芬姐妹为什么直到现在才这样问。是刚看出她目的不纯吗？还是已经忍了她很久，终于突破了涵养的极限？

半晌，王亚丽才挤出一句："多大个事儿呀，大伙

90

儿高兴不就得了嘛……"

潜台词是没必要那么认真。只不过世界上怕就怕认真二字，而有些人在有些事上最讲认真，岳晓芬姐妹显然不想被王亚丽糊弄过去，她跨前两步，走到王亚丽面前，抬起眼睛直盯着王亚丽的眼睛。岳晓芬姐妹的双眸仍是亮晶晶的，此时不仅具有光亮，而且具有温度，仿佛眼底烧着一团炽热的火；她的南方口音仍是平静清脆的，但仔细一听又微微有些发颤，仿佛因为郑重而耗费了过多的气力。

岳晓芬姐妹对王亚丽说："你的心意是好的，但是你这么做，并不能让大家高兴。就算脸上高兴，心里也不高兴；就算暂时高兴，长久也不高兴。为什么这样说？因为我们都是为主而来，在主的面前人人平等，否则那句'兄弟姐妹'也就白叫了。既然人人平等，那就不该由一些人劳动而另一些人坐享其成，更不该由一些人去伺候和讨好另一些人。不管大家在外面是谁，只要进到这里来，都是主的仆人。那么再说到你，王亚丽姐妹，我能猜到你为什么想给大家做饭，但恰恰是你的想法让我不赞成。如果我们这些人为了自己的方便而剥夺了你听讲的机会，那我们也没资格宣称自己心里有主……"

王亚丽听得目瞪口呆。她首先惊讶的不是别的，而是小小一个做饭的事儿，岳晓芬姐妹都能滔滔不绝地扯出这么一大通，就像对于小小一个吃饭的事儿，"果粒橙"也能绕上好几个弯儿。但和"果粒橙"那番阐释的效果相反，岳晓芬姐妹话里的意思，王亚丽愣是一时没琢磨明白。因为不明白，对方的郑重其事就令她产生了一种近乎被冤枉的感觉。

于是王亚丽辩解道："也没什么剥夺不剥夺的，反正我也净打瞌睡。"

岳晓芬姐妹却粲然一笑："那倒不妨事。你愿意离主近些，这就够了。和主在一起，才是我们最大的喜悦，对吧？"

说完扭身去厨房洗了把手，又拎着一个沉甸甸的塑料袋出来，交到王亚丽手里。是没下锅的面条和几枚鸡蛋、西红柿。居然还有这样的道理，连知恩图报都不允许。但没办法，王亚丽也只得遵从对方的意见。谁让这地方人家说了算呢。

她讷讷地对岳晓芬姐妹说："那好……再见。"

岳晓芬姐妹也说："那好，再见。"说完又是粲然一笑。

那天的这番谈话再次印证了王亚丽对于岳晓芬姐妹的认识：也许她遇到了好人，也许她遇到了蠢货。她还明确地认识到，对方和自己的想法果然不在一条道儿上。用北京人的话讲，你说前门楼子我说胯骨轴子。这么一想，她又觉得岳晓芬姐妹直射过来的目光其实并不是在看着自己了。那目光好像正看着空间背后的某个所在。

那么，岳晓芬姐妹到底在看向哪儿呢？

人眼所见的空间背后，又藏着些什么呢？

也不知怎么了，自打这天起，王亚丽的脑袋里频频会闪过上述问题。那些问题就像麦子店的风，因为楼宇和街道而弯折扭曲，不知会从哪个角落里钻出来，裹挟着她飘忽一阵又去向无踪。与之相伴，岳晓芬姐妹的那一番话也会频频从王亚丽的记忆里钻出来，也不管她懂不懂，只是在她的念头里萦绕不休。兄弟姐妹，人人平等，最大的喜悦……别扯淡了，哪儿来的这么好的事儿？然而王亚丽明明把那些词汇赶了出去，甚至还报以哼哼两声冷笑，但她仍然觉得心里有了事儿。不在眼前的事儿，虚无缥缈的事儿。

为此，王亚丽有些困惑，她觉得自己似乎不是自己了。

7

困惑就得找人说说，而那人也只能是"果粒橙"。

时间是两天以后的中午，地点就在出租屋的厨房里。

自打把钱放在她这儿，"果粒橙"就从回龙观往城里跑得更密了，也不知是想充分利用"亲人"的特权，还是担心她这个"亲人"卷款潜逃，所以有必要频繁进行抽查。对于"果粒橙"的造访，王亚丽的态度倒是泰然自若：反正人也在，钱也在，吃的也在。

那天吃的还是面，原料则是从"团契"缴获的战利品。王亚丽站在煤气灶前烧水打鸡蛋，又在不易被人察觉的前提下搜刮了些许室友的香油。"果粒橙"正斜靠着门框，有一搭无一搭地跟她说话。说黄色段子，说财务计划，说远大理想。俩人相处，只要不是在铁架子床上折腾和跳脚对骂，一般都是她听他说。通常来讲，王亚丽对这种关系也挺知足：左耳朵进右耳朵出，竟有了天长地久的幻觉。

且说且听，面就熟了，王亚丽捞给"果粒橙"一碗。"果粒橙"就那么站着，一阵浩瀚的呼噜呼噜，片刻抬头，将空碗往前一递。王亚丽赶紧给他再捞一碗。如此反复，三大海碗下去，"果粒橙"这才把脸拔出来，打了个近乎叹息的长嗝儿。

"面不错，手擀的？""果粒橙"问。

"想吃还有。"王亚丽说。

"你当你喂猪呢？""果粒橙"摇头，把碗往灶上一撂。

王亚丽扑哧一笑。在潜意识里，她还在等待着"果粒橙"的进一步动作。如果说"果粒橙"还有一个过人之处，那就是将一种能量转化为另一种能量的速度非常之快——每每刚把自己塞饱，立刻就拽着王亚丽奔向卧室的铁架子床。当然，这也是客观条件造成的，出租屋里只有白天没别人在，而健身房每天上下午的课程之间又只隔了两个钟头，再刨去王亚丽赶回来的时间，"果粒橙"要利用这点儿空当满足多种欲望，不火急火燎还真来不及。所以王亚丽连笑都不敢多笑，她也呼噜呼噜扒了两口面，同时就开始回忆上次用剩下的那盒避孕套藏在哪儿了——是床头的牙缸后面还是床尾的秋裤底下？

然而这天却有些怪。"果粒橙"吃完竟没动窝儿，而是从兜里掏出一盒烟来，点上一根兀自抽着。不是说要省钱吗，怎么又抽上烟了？尽管只是最便宜的"中南海"。王亚丽便有些诧异地斜了"果粒橙"一眼，随即发现这人的眼神和往常不同。平日里那双浑浊、执拗而又饱含怨气的三角眼变得忧郁了，迷离了，就好像既盯着厨房里的灶台、锅以及王亚丽，同时又将目光发散到了眼前这块方寸之地以外的什么地方。一时间，王亚丽还觉得"果粒橙"的神情似曾相识……居然和"团契"里的岳晓芬姐妹有些相像。像就像在他们仿佛都不在乎近在眼前的那些事儿，他们在乎的另有其事。

但谁又不是呢？在那个瞬间，王亚丽发现自己的心思也在恍惚。被岳晓芬姐妹引发的那些似有似无、似远似近的问题又升腾了出来，像麦子店的风一样在她的脑子里萦绕着。因此她并不想询问"果粒橙"在琢磨什么，她反而难得地涌起了倾诉的愿望。并且她还认为，此时的"果粒橙"也是愿意听自己说一说的。

王亚丽是这么开头的："面条没花钱，白来的。"

接着就说起了这段日子的经历：从面包店的"法棍"到底商门口的小册子，从依稀记得有个聚餐的章程到一咬牙登门造访，从二楼那间旧卧室里的老弱病残到一楼轰鸣而至的单田芳，从面包夹肉、打卤面和桃酥到来自岳晓芬姐妹的特殊优待……在此前，也说不清是因为没机会还是因为没心情，关于那些事儿，她一直都没对"果粒橙"讲过，今天就一股脑儿抖搂了出来。然而碍于表达能力的限制，也碍于"果粒橙"对她"傻"和"作"的评价，王亚丽并未对心里的那些波澜进行细致的描绘，她其实只相当于讲述了自己厚着脸皮去蹭饭的过程。她或许还存了一点儿邀功的想法——说到底，蹭饭还不是为了省钱，省钱还不是为了保全"果粒橙"托付给她的积蓄，保全积蓄还不是为了他们——注意，是"他们"——的理想嘛……而听到王亚丽的讲述，"果粒橙"的眼神便从忧郁和迷离之中抽了回来，改换成了闪动着饶有兴致的光芒。他也认为这是个有意思的故事吗？

可惜不是，他只对王亚丽那"有便宜不占王八蛋"的精神表示了嘉许。"果粒橙"啪地一拍巴掌："王亚丽啊王亚丽，原说你傻，其实你也不傻。"

又说："有这好事儿，干吗不叫上我？"

这就让王亚丽略有落空之感。现在轮到她说前门楼子，人家说胯骨轴子了。与此同时，她还有点儿后悔把那些事儿说给"果粒橙"听。虽然诚如她所言，去"团契"纯粹就是为了蹭饭、连吃带拿，但这一刻，她的感觉却像和一个错误的人分享了错误的秘密。也许"果粒橙"刚才并没有露出忧郁和迷离的目光，只不过是她被弥漫在厨房里的烟雾所干扰，于是看走了眼；又也许，尽管人的忧郁和迷离看起来都是相似的，但实际上他们并不能够互相感同身受，因此也就不存在什么深入交流的基础。不管怎么样，王亚丽挑起了话头却先感到了乏味。她转身将碗筷放进水槽，哗啦哗啦洗刷起来，边洗边嘟囔：

"哪儿有蹭饭还领着男人的，你不嫌丢人我还嫌呢……再说以后也不用去了，我这不又上班了嘛，休假以前的工资过些天也能发下来，省着点儿花够吃饭了……"

略作停顿，又找补一句："麦子店这地方，净能碰上些怪人。"

这话相当于王亚丽对此前一段经历的总结。说完把碗往橱子上一撂，转手投出抹布去擦灶台。她想结束这个话题了。但却由不得她，这时"果粒橙"倒像是还了魂，又像是在强逼着自己集中精力、提起兴致，总之开始没话找话说了。

他挥动着夹烟的手，先从"房屋租赁"这项业务的角度对王亚丽的奇遇进行了阐释：说怪也不怪，北京大了，什么莫名其妙的人没有？他们干中介的，也常碰到那种租用民房从事集体活动的客户，其中大多数是做教育培训和商业宣讲的小公司，当然也有凑在一块儿信主或拜佛或灵修的；而对于这种生意，不光"有关部门"向来不予鼓励，就连中介公司也保持着谨慎的态度——治安方面的考虑姑且不论，试想每天一屋子人跺脚乱跳鬼哭狼嚎，谁听了不心烦呀？真闹起来，光是邻里纠纷就够人喝一壶的了；估计楼下那户人家也是被吵得受不了，索性决定以毒攻毒，这才请出了单田芳……

听到这儿，本来已经闭了嘴的王亚丽不禁争辩："可我们没吵，我们安静得很，除非楼底下响动太大了才唱个歌儿……"

"果粒橙"眉毛一扬，仿佛是对王亚丽的激愤、对她口称的那个"我们"颇感意外。他又嘿嘿一笑，越发拿出了见多识广的腔调，继续推测道："那就是另一种情况了——我估计楼底下那家，很可能是业主本人。"

王亚丽继续掰扯："业主又有什么了不起的？在他们家房子里就能想杀猪杀猪，想唱戏唱戏？那明摆着就是冲着我们楼上来的，那不是欺负人嘛……"

"你没听明白，""果粒橙"又打断她，"我的意思是说，人家不光是一楼的业主，八成也是二楼的业主。你们那套房，就是从人家手里租的。"

王亚丽就瞪大了眼："难不成……他们家楼上楼下两套房？"

"这也不稀奇，尤其是麦子店这种老破小，不是公家分的就是单位集资盖的，总有些路子野的人能弄上不止一套，一套自住，剩下的出租。北京人讲话，这就叫吃瓦片儿。""果粒橙"舔舔嘴，口气越发笃定，"如果房东是厚道人，租到这种房子也是好事儿，电灯憋了下水道堵了都有人帮着修。可要是赶上一个恶房东，那可倒鸡巴血霉了，人家会变着花样找麻烦，让你进得了屋却吃不了饭睡不了觉，为的是在租约到期之前把租户挤对走，到时候押金和预交的房租都不退，转手把房子租给下一家，就能白落一笔钱。而租户因为是自己主动搬的家，到头来也只能吃哑巴亏，连说理的地方都没有。像这种制造噪声的还算客气的呢，就连在墙上凿个洞，正对着厕所看人拉屎撒尿的我都见过……"

不愧是专业人士，听他这么一说，王亚丽就醒过味儿来了。她早就奇怪，一楼的单田芳虽然平时也不断线儿，但却每每会在二楼的讲经渐入佳境之时突然变得震耳欲聋，每每又在二楼的聚会结束之后销声匿迹，原来不是赶巧，而是处心积虑，是有的放矢。如此说来，"团契"的活动也一直都处在人家的监视之下。那么对于所谓的"恶房东"，怎么从没见"团契"的人下去抗议呢？这倒也不难理解：就那一屋子老弱病残外加面慈心软的主儿，把谁派出去能跟人干上一架啊。尤其是岳晓芬姐妹，王亚丽实在难以想象她会和谁急赤白脸地争吵起来。可以说，岳晓芬姐妹带领大家实践了耶稣的教导，"若有人打你的左脸，那就把右脸也伸过去"，但却不是因为脸痒痒，而是因为没能耐。

"这种人就欠收拾，要是我非……"王亚丽气呼呼地说。

而这时，她却看到"果粒橙"把烟头往地上一扔，伸出脚去踩了，随后抬头哎了一声。这家伙今天真是有点儿怪，不仅话多，而且那丝稍纵即逝的忧郁和迷离又从他的眼底浮现了出来。王亚丽便也哎了一声。

"果粒橙"叹口气，接着就把背包拽到了身前。还是那个尼龙单肩包，中介公司发的，刚才就连吃面都舍不得摘，夹在他的屁股和门框之间。他拉开书包外面的一道拉锁，又拉开里面的一道拉锁，掏出一个长得有点儿像档案袋的牛皮纸大信封。信封上印着中介公司的名称，看起来鼓囊囊沉甸甸的。他把它递到她手里。王亚丽顺时针绕开棉绳，将信封捏开一个小口，便在里面看到了一块暗红色的砖头。和上次一样，都是钱。她心里咯噔一声，害怕似的赶紧把信封合上，但又忍不住溜着缝儿往里偷看了一眼。

"别数了，上次四万七，这次五万九。""果粒橙"说，"这五万九千块钱里，包括最近两笔大单的提成，有三万多，按规定年底才发，我跟店长把嘴皮子都快磨破了，硬说老家盖房，总算让我提前取了；还有两万多，就是从工资里攒下的了，一个月只花五百，这些日子也算没白熬……两回的钱加一块儿，总就共是……"

王亚丽抢答："九万六……"

"果粒橙"白她一眼："多少？"

王亚丽更正："哦不，十万六。"

"差点儿让你弄没了一万。""果粒橙"又叹口气，"差不多够了。"

"什么够了？"

"废话。"

王亚丽便想起在面包店里，"果粒橙"给她算过账：开店的前期投入得十万出头。现在他们就有了十万出头。如此说来，刚才那道加法题其实有两个答案，一个是数目上的，另一个则是前景上的。它意味着"果粒橙"那近乎自虐的财务计划大功告成，也意味着王亚丽从此以后不再有出去蹭饭的必要；它甚至还意味着他们畅想过的另一些东西——诸如老板和老板娘，诸如五位六位七位数的收入，诸如在北京买套房子——也都走上了按部就班的轨道。啊，理想这玩意儿，甭管是别人的还是自己的，只要它逐渐靠近，就会令人目眩神迷。再想想他们这对"亲人"为了理想而吃过的苦、遭过的罪、起过的猜忌，王亚丽更加滋生了辛酸的感动。不敢说军功章上有你的一半也有我的一半，但她总算也是做出过贡献的。她又望了望对面的"果粒橙"——钱不都攒够了吗？宣布这个消息时，难道不应该是振奋的、豪迈的吗？就算他恶狠狠地骂上几句，她也能理解。然而对面那人就那么靠门站着，好像腰都塌了，脸上没有表情。那是故作平淡，还是被劳累与饥饿折磨得麻木了？

王亚丽又问："那你说话算数吧？"

"果粒橙"问："什么话？"

王亚丽说："开店就开在麦子店呀。"

"果粒橙"却两眼一垂："现在哪儿想得到

这个。"

"你什么意思？"王亚丽眉毛一横，"你个孬孙该不会……"

"你傻呀。""果粒橙"又点上了一支烟，对着王亚丽说教起来，"我在原来的公司挣够了钱还预支了提成，扭过脸来就自己开店，这在人家看来叫什么？这叫偷师，还叫饯行。摆明了跟他们对着干，他们能不给我下绊儿？所以必须得缓一段时间，等我跟那边撇清关系，最好等他们把我忘了才行——懂不懂？"

原来是心急吃不了热豆腐，王亚丽就懂了。她又举举大信封："那这钱……"

"过去放你这儿的先不动，今天放你这儿的也赶紧存上。别瞎花，别让人知道。"

王亚丽点头保证："记着了。"

"果粒橙"这才把书包往屁股后面一撩，一双三角眼重新变得浑浊、执拗并且饱含怨气，这也是常年吃苦而又欲望勃勃的人惯有的眼神。这天他吃了三碗面，留下一撮钱，也没到铁架子床上折腾，就像条没根的影子似的飘了出去。出门前，他突然伸出手来，在王亚丽的头上使劲胡噜了一把，把她的头发弄得稀乱，接着又拿手掌托住她的侧脸，用大拇指搓了搓她脑门上的伤疤。搓得王亚丽身子发麻，仿佛经过这一搓，马王爷的第三只眼才算彻底瞑目。而王亚丽看着"果粒橙"的背影离开，竟没体察出他的那番举动有什么特殊含义。

后来一想，她也真是太迟钝了。而发觉事情不对劲，就是又过了半个月以后了。

这半个月，"果粒橙"就没再露过面，但在王亚丽看来也很正常。她认为对于"果粒橙"而言，现如今的主要任务是一边掩人耳目，一边筹备开店——忙嘛，自然就没工夫找她。假如换作寻常男女朋友，这种变化或许会让人心中生怨，但实践已经证明，他们是共过患难的"亲人"，那就不在乎朝朝暮暮。况且开店的钱不也攒够了吗？伴随着那项财务计划的终止，"果粒橙"就没必要非得到她这儿混个肚儿圆了。又况且，钱在谁的卡上？既然是她王亚丽，那她还怕什么。因此俩人的交流只剩下了打电话。

比如那天，王亚丽问："咋这半天才接？"

"果粒橙"说："带客户呢。"

王亚丽说："还带啥带？又不差那俩钱——"

"果粒橙"说："你小点声成不成？"

王亚丽说："瞧你那胆儿，反正早晚得辞职。你到底啥时辞？"

"果粒橙"说："快了快了。仗要一个一个打，饭要一口一口吃。"

王亚丽说："那你吃点儿好的，我挂了。"

"果粒橙"说："等会儿。"

王亚丽说："干啥？"

"果粒橙"说："我想日你一把，你个傻驴。"

王亚丽说："我想咬你一口，你个孬孙。"

挂了电话，王亚丽便起身，走进写字楼底商的面包店。每天晚上十点，那家起了法文名字挂了英文招牌的面包店都会一如既往地挂出歪歪扭扭的手写中文告示，宣布所有商品一律半价。而王亚丽通常是在这一刻到来之前给"果粒橙"打个电话。"团契"是再没去过了，她等待半价"法棍"的习惯也恢复了起来。按照王亚丽的原则，只要自己还能养活自己，那就决不靠看人脸色来解决温饱……当然，人家其实也没给过她脸色……现在想起岳晓芬姐妹，想起围坐在卧室里的那一群人，甚至想起一楼轰鸣的单田芳，王亚丽都感觉像是做了一个没头没尾的梦。因其没头没尾，也就不具有什么寓意，只不过会突然有些惆怅。

当王亚丽端着托盘来到收银台时，心里就有那么一丝惆怅。

"您的消费是……"伴随着手机里韩国电视剧的声响，满脸蝴蝶斑的女店员说。

掏钱时，王亚丽一低头：巧了，托盘里的那根"法棍"又从中间裂了条缝。

女店员也立刻发现了这个状况。她咧嘴一笑，脸上的蝴蝶斑变成了一只振翅欲飞的蝴蝶："要不这样，这根给您免费得了……"

王亚丽却打断她："也不碍着吃。"

说着把钱硬往桌上一搁，拿了东西转身出门。这个举动令王亚丽觉得畅快，那感觉不仅冲散了片刻之前的惆怅，甚而令她走在马路上的脚步都轻巧了许多。街巷满是行人，有按照美国作息赶往公司的职员，也有按照日本规矩从一家酒馆"续摊"到另一家的醉鬼，王亚丽穿过那条越晚越堵车的林荫道，从地铁站附近的一片灯海钻进了几栋黑乎乎的旧楼之间。大排档和烤串店的声响裹挟而来，使她并没察觉到身后如影随形地跟着几个人。

她是在刚刚跨进一道铁栅栏门时被人抓住了胳膊。

周边的空间骤然缩小，两个男人一左一右地把她夹在中间。对方的人数、身板和力气都具有压倒性的优势，再加上事情发生得毫无预兆，因此她的嗓子里吭了一声就再也吐不出气，只是像个木偶似的被对方裹挟着，连推带搡地往小区深处走去。这一路不远，匆匆拐进最近的两栋旧楼之间的那条消防通道便停下了。通道窄小，没有路灯，借着头顶两扇窗户的光亮，她才看清夹着自己的俩男人一个剃着大光头，一个挂条金链子；而不管是大光头还是金链子，他们裸露在外的胳膊上都盘绕着密实而浓重的文身。

"别出声儿。"不知哪个男人命令她，反正是东北口音。

"……没出声儿。"王亚丽相当配合地说，又相当配合地把手机往前一递。她自认为表现得很理智：无论是电视里的法制节目还是舍友们口口相传的生活经验，都告诫过她如果碰上抢劫，最好别反抗也别瞎嚷嚷。被抢无非是几个钱的事儿，如果把对方惹急了，临逃跑之前再扎自己两刀，那就太不值当了。她还听人说过，如今劫道儿的也没谁奔着现金去了，因为没谁身上会带多少钱，所以要抢都抢手机——只不过她的手机太便宜也太旧，这倒让王亚丽又担心对方会恼羞成怒地扎自己两刀了。

而对方看了一眼王亚丽的那台"红米"，竟没接。他们一左一右，分头往别处打量起来。难道他们果然认为她这个作案目标缺乏诚意？王亚丽正在心里打战，就见大光头和金链子身后闪出一个人来，穿身白衬衫和黑西裤，留着个挺精干的小寸头。

小寸头和和气气地对王亚丽开了口，也是东北口音："老妹儿，你瞧不起人。"

王亚丽哆嗦："真就这点儿东西，包里也没钱。要不还有个面包你拿走。"

小寸头的声音越发和蔼："这事儿整的，让我老妹儿误解了。大老远地过来找你，是想打听个事儿。你叫王亚丽？"

王亚丽又哆嗦："是。"

小寸头说："郭立城是你对象？"

王亚丽还哆嗦："是。"

小寸头说："知道他在哪儿不？"

王亚丽继续哆嗦："知道。"

小寸头说："知道就说。"

王亚丽略一迟疑，就感到一左一右两根硬物顶住了她的两肋。这让她连哆嗦都哆嗦不起来了。她说："他在公司……离这儿远着呢。"

小寸头却盯着王亚丽，一字一顿："老妹儿，你咋不能实在点儿呢？"

王亚丽几乎拖出了哭腔："我哪儿不实在了？"

"要在公司我们能来问你？我们就是从公司来的。"

伴随这话，左右两根硬物又是一顶。王亚丽腿一软，甚而觉得自己要像上小学时一样尿了。但也正是惊恐到了无以复加的地步，反而让她把心一横："你们扎我两刀也没用，我这些天就没见着他。要不我这就给他

112

打电话，他在哪儿你自己问。"

小寸头却按住了王亚丽拿电话的手："谁知道你是不是给他报信？"

"你又不信我，那你让我咋办？"

"我问你，你是不是就住这片儿？是不是拐弯那楼？"

王亚丽先摇头后点头，同时诧异于对方怎么知道得那么清楚："你想干吗？"

小寸头又问："你是不是把他给藏屋里了？"

听了对方的话，王亚丽索性又一梗脖子："那这样得了，干脆你们跟我走，人在不在我这儿，进屋一看就知道。"

说完迈步，往消防通道外面走去。也是怪了，心一横脖子一梗，她竟不再哆嗦。而小寸头、大光头和金链子也挺配合，齐刷刷跟了上来。一行人便沿着两栋旧楼的边缘，朝不远不近的另一栋旧楼走去。他们看上去与其说是挟持者与被挟持者，倒不如说是共同前去执行一项任务。王亚丽的出租房就在前面了，室友都已下班，朝南两间卧室以及阳台的窗户全亮着灯。身旁也有和她一样夜归的人擦肩而过，手里拎着公文包或者装着夜宵的塑料袋。但王亚丽却没有呼救的企图，她走到楼道的铁门前，面对着宣传画上的一个正在承诺"百姓事无小事"的卡通警察，哗啦抖出钥匙就要开门。

一边开门一边又说："屋里有别人，进去小声点儿。"

这时小寸头却从身后拍了拍她的肩："老妹儿，算了。"

王亚丽回头看他，既不奇怪也不释然。

"看你也是个痛快人，要再信不过你，就显得我们怪没劲的了。再说天儿也挺晚的了，惊扰了人家也不好。"小寸头的口气仍是那么和蔼，还夹杂了两分无奈，"不过你也体谅体谅我们，哥儿几个在小区门口蹲了一天了，找郭立城是真有急事儿。如今他这一跑，电话也不接，我们跟上面没法交代。在北京，估计只有你能联系上他，那就受累帮我们带个话，就说他只要能回来，把事儿说清楚，我们也不为难他。谁都不想做得太绝，对吧？"

话音未落，两旁的大光头和金链子同时掏兜，似乎要把揣在裤兜里的硬物再掏出来展示一番。而小寸头一侧脸，呵斥他们"行了行了"，再转向王亚丽时，话音里竟多了一丝自嘲："这年头还得来这套，我都臊得慌。"

说完顿了顿脚，锃亮的皮鞋脆声一响，转身就走。大光头和金链子也不再看王亚丽，跟了上去。仨人的背影消失在暗夜里，王亚丽这才张嘴大喘一阵，同时冒出一身冷汗。她又举起手机来，吃力地辨认着屏幕上的数字按键，拨了"果粒橙"的号码。

也许正如小寸头所说，现在王亚丽是唯一能联系上他的人，电话响了两声就被接通。"果粒橙"的声音传了出来："你个傻驴，不刚打完电话吗？"

"你在哪儿？"王亚丽沉声问。

"带客户……"

"带你妈个逼！"王亚丽破口就骂，"你他妈的可真不白把我当亲人，为你个孬孙，我差点儿让人两肋插了刀……"

8

王亚丽身处在开往河南的高铁上。车上尽是拎着大包小包的老乡，还有不少领着俩仨孩子的，人群把本不宽敞的二等车厢挤得满满当当。除了广播报站是普通话以外，过往旅客个个儿说话铿锵如唱戏，搅得她的脑仁儿一阵一阵发紧。放眼四周，似乎只有她一人空着手，看起来既不像出差也不像探亲。而因走时匆忙，没买到坐票，她此刻也只能半蜷着身子靠在过道，一边拿手揉着膝盖，一边如痴如呆地盯着窗外。

三百公里的时速如同刀锋，将从未丰饶但却广袤的平原划开一道口子。路过某些依稀记得的地名，王亚丽这才为一个常识而惊讶：以高铁的速度衡量从老家到北京的距离，也就两个多钟头的工夫。然而就那么两个多钟头，她当初却顺着铁路线漂流了几年。几年过去，她才头一次回家，并且这还是和"果粒橙"商量的结果。

昨晚"果粒橙"接到电话，当听说有人为了找他而堵了王亚丽，先是倒吸一口凉气，随后陷入了长久的沉默。他不说话，王亚丽就更心慌，连骂带吼地指责"孬孙"骗了自己，还说："我就该喊，我就该跑，我就该豁出去挨两刀，再告诉警察是你连累我……"

"别光叫唤，使使脑子。""果粒橙"总算冷静了下来，反问王亚丽，"你说我骗你，骗你什么了？骗色图你这模样的？骗财还把钱都放你那儿？"

色不色的姑且不论，到底是真金白银有说服力。他这么一问，王亚丽就愣了，甚而有了自觉理亏的歉意。另一方面，她对那几个不速之客的来路以及整件事情的脉络还是一头雾水，偏偏事儿又找上了自己，所以很需要有人为她梳理清楚。于是王亚丽说：

"我脑子不够使，那你说说，到底咋回事儿。"

"果粒橙"就清清嗓子，开始替她梳理。他首先声明，自己没偷没抢没犯法，对于这一点，王亚丽应该保持充分的信任。否则哪儿犯得着动用"道儿"上的人找他？直接报警不更方便嘛。他又不是隐姓埋名的逃犯，不是来无影去无踪的飞贼，警察一逮一个准儿。从对方下三烂的手段也可以看出，他们才是做贼心虚。那么对方究竟所为何来？以"果粒橙"的推断，还是跟他供职的中介公司脱不开关系。也怪他前一阵子疏忽，攒够了钱就得意忘形，不光跟俩处得好的同事说要开店，而且还许以更高的提成，鼓动对方跳槽过来一起干；顺道又揭了他们店长好多短儿，主要事迹是不会大写"壹贰叁"。谁想知人知面不知心，有个家伙转脸就把这事儿捅给了店长，于是店长打电话约"果粒橙"聊聊。"果粒橙"哪里敢去？当天就打了铺盖卷儿，找地儿躲起来了。而店长也不是吃素的，人家早年就是干"黑中介"起的家，坐过三年大牢，他在店里发了内部通缉征集线索，还说找不着"果粒橙"找着和他相关的人也行。接下来就分析到了王亚丽这条池鱼是如何受到的殃及。"果粒橙"问，你记不记得，我曾经带着一个原先的老乡后来的同事进城找过你，仨人吃的是烩面，那个装逼犯却非要在一个什么西餐馆门口合影留念？你的住处和长相，估计就是那孙子供出去的。妈了个逼，"果粒橙"又骂，早就看出那孙子不仗义，没想到还真不仗义。

"果粒橙"语速很快，夹叙夹议，王亚丽颇费了些力气才跟上他的思路。又是双面谍又是追杀令，听得她一阵发瘆："这样的话……要不还是报警吧？"

"千万别经官——报警管用我早报了。""果粒橙"立刻封死了这条道儿，"怕就怕警察还没收拾他们，他们倒先把咱们给收拾了。为铲除黑恶势力当烈士，你愿意吗？"

和讨论理想的时候一样，他口口声声"咱们、咱们"的，又把他自己的事儿变成了俩人的事儿。可为什么享福没见有"咱们"的份儿，挨饿和担惊受怕倒一个没跑了？对于自己被囊括进了"咱们"的待遇，王亚丽不禁暗暗叫亏。同时，关于仍不明白的地方，她又问："那你就去跟他们聊聊不得了？把话说开了，从此井水不犯河水。难道连离职的自由都没有吗？街上那么多中介公司，人家开得，怎么你就开不得……"

"果粒橙"说："你还是不了解这个行当。那些连锁店都是大资本，当然想开就开，但要换成小买卖，里面的水就深了去了。我在公司里干了这些年，既攒了钱又积累了客户资源，等到自己单干，他们当然会认为我吃里扒外……况且放走我一人还是小事，他们怕的是其他人也学我，用葛优的话说，人心散了，队伍就不好带了。找他们聊？我都能想到会是什么结果，无非是弄几个社会人咋咋呼呼，打不死你也吓死你。所以说，眼下这段日子是黎明之前的黑暗，甭管怎么难，也得熬过去。我也筹划好了，他们能追我一时，不能追我一世吧？等到他们顾不过来，咱们再把店一开，到时候看谁怕谁。他们再横，还能光天化日之下砸了咱们的门面？那还是北京吗？那是老家小县城。"

说罢话锋一转，开始感叹奋斗之不易，创业之多艰，然后又扯到了光明而远大的理想。他一会儿沉郁，一会儿昂扬，听得王亚丽好像在坐过山车，一会儿滑到谷底，一会儿冲到峰顶。忽上忽下，王亚丽也晕了，半晌才想起还有一件事情要问：

"对了，那你现在在哪儿？"

"还在北京。""果粒橙"说。

"北京哪儿？"

"这个你就别问了，问了也是给自己找麻

烦。""果粒橙"顿了顿，反问王亚丽："你呢，你在哪儿？"

王亚丽哼了一声："我能在哪儿？还不是在宿舍，否则他们也找不到我。"

"果粒橙"便果决地说："那地方你不能待了。把你暴露在敌人的视线之内，我也放心不下。这么着吧，你立刻走，回老家躲一阵，等风头过了再回来。"

王亚丽说："可我还得上班呢，本来就刚回健身房没两天……"

"果粒橙"说："辞了算了，反正也快当老板娘了。"

两个穷人，却纷纷鼓动对方辞职，假如这都是因为理想，那么理想的副作用也够大的。而对于那个美妙的前景，此时的王亚丽却含糊了："就算辞，也得等你真把店开起来……你忘了你连饭都舍不得吃的时候了？现在你都不上班了，咱们总得有份收入。"

"亲人哪，还是你想得周全。""果粒橙"热忱地赞了一声，接着却又提出了另一个让王亚丽大为意外的方案，"你不走也成，但那笔钱，你得先放别处搁一阵子……要不这样，干脆跟你妈打个招呼，暂且转到她户头上得了。"

王亚丽被吓了一跳："这又是为啥？"

"还不是替你考虑。店长给我发过短信，说有两笔提成是我向公司提前支取的，严格来说算财务违规，必须收回。倘若你不走，他们又来找你咋办？找你除了问我在哪儿以外，还查你拿没拿着我的钱咋办？查着了硬逼你把钱交出去又咋办？别小看这些王八蛋，他们真有那个手段，我的户头已经被他们查过了，幸亏事先给了你……为了十多万，这些王八蛋也什么事儿都干得出来，我怕你熬不住……你就想吧，钱要落到他们手里还能再拿回来？"这时"果粒橙"就好像一边说话，一边思索了；思索半晌，豁然开朗，"幸亏你还有个妈，把钱放你妈那儿，那帮王八蛋绝对想不到。"

王亚丽又问："你也有妈，干吗不放你妈那儿？"

"你傻呀，他们连你都找着了，还能找不着我妈？""果粒橙"一拍巴掌，恢复了惯常的轻蔑口吻，又说，"我这也是没有办法的办法。"

而面对这个办法，王亚丽静默半晌才说："那我还是回老家吧。"

一边这么说，她的心里一边暗自冷笑：把钱给她妈？也亏"果粒橙"想得出来。他老说她"傻"和"贱"，自己也没好到哪儿去。当然，这也怪不得他，要怪还得怪王亚丽从未对他讲起过她妈这人。在王亚丽那历经多年的遍体鳞伤之中，假如还有一块不愿示人的疮疤，就是自己的妈。于是两人商量的结果，还是王亚丽先走，回老家避避风头。做了这个打算，王亚丽又想：正好，家里拆迁的事儿还得跟她妈掰扯掰扯。既然是拿了她的钱去交差额款，凭什么登记时又没她的名儿？说什么事出突然，这借口也太拙劣了。搂草打兔子，这个问题也得解决。还有，前些天刚回健身房跳了几节课的操，她的右膝盖里又撕裂着疼了起来，疼得厉害时，在更衣室里连裤子都脱不下来。也正好，索性回老家连治带养，棚户区街口的正骨诊所比北京的医院便宜。有了这样那样的附加条件，她的这趟回家之旅就不那么像传说中的"跑路"了。而当王亚丽硬着头皮给健身房打电话请了假，很快又收到了"果粒橙"用微信转过来的路费，余额里的数目字儿久旱逢甘霖一般充盈了起来。

她看着手机，心里嘀咕：孬孙，这时候倒挺大方。

然后买了次日一早的车票出发，但车到郑州她就下了。这是因为老家没通高铁，还得去车站广场换乘长途车。走出无论恢宏程度还是设计不合理的程度都不亚于北京南站的郑州东站，王亚丽却突然站住，像人流之中微小的孤岛，木然发了会儿愣。她还想起她爸跟粮店那娘们儿跑了以后，就在郑州的火车站卖大饼馒头。然而只听老乡这么说过，如今却不知她爸到底人在哪个车站。作为一座交通枢纽城市，郑州光高铁站就有三座，其中包括最早的郑州站，此外还有新建的东站和西站；听说三座都不够用，另有一座郑州南站正在修建。

如此说来，想看一眼她爸也不是顺便的事儿了，而是成了一项繁复浩大的工程。

那就算了。这么一想，王亚丽心里也就释然了，她这座微小的孤岛重新随着人流漂浮了起来。又历经了两个多钟头，她漂上台阶又漂下台阶，漂进广场又漂出广场，漂上汽车又漂下汽车，漂过高楼林立但却空空荡荡的县城新区，漂进到处写着"拆"字但却人满为患的老棚户区，最后漂到以前的小学侧面，被沥青厂熏黑了后窗的一排平房门前。

　　比起北京乃至郑州，这里都仿佛是另一个世界的景象了：肮脏、荒芜、破败，对于如今的王亚丽而言，看上一眼就让她心窝子堵得慌。前些天大概下过雨，因此柏油路被大卡车轧出的坑洼里积满了污水，水里也有一些饮料瓶、香烟盒正在兴致勃勃地漂着。前些天大概还死过人，因此平房里有扇门上挂着白对联，门前还搭了个黑毡大棚，棚外一口炉灶正在炒菜，棚里几张桌子正在打牌。而王亚丽就此站定，逆着劈头盖脸的阳光，看向大棚门帘底下的一张方桌。桌旁坐了个身穿绛紫色化纤西服的黑脸女人，就是她的妈了。

　　打牌的人都讲究个耳听四路眼观八方，所以王亚丽她妈也看见了王亚丽。她捏了张牌，一边用拇指搓着牌上的花纹，一边吆喝："鸭梨呀，回来啦？"

　　然后将牌往桌上一拍："幺鸡。"

　　听她妈那口气，就好像王亚丽从未出过远门，昨天还在家里一般。王亚丽也不答话，凑过去坐在她妈屁股底下那条长凳的边角上，一边从桌上抓了把瓜子嗑着，一边四下张望，看死的是什么人。原来是住在街口

125

一老头儿，过去在粮店看门，警惕性很高，酷爱盯梢。当初王亚丽她爸和粮店那娘们儿的事儿，就是他捅出去的，后来在储存富强粉的大铁箱子里抓住俩雪人。老头儿今年也有八十多了吧？算喜丧。因而他家后人一派喜气洋洋，假如不是戴着黑箍，说是办红事也有人信。亲戚朋友互相寒暄时，念叨得最多的一个词也是"功德圆满"，这是在表彰死者生前的丰功伟绩——听说要是早俩月咽气，户口本上少一人，拆迁的三居室就变成两居室了。又听说在老头儿将死未死的那俩月里，拆迁办的人天天上门探访，甚至还牵着狼狗来闻味儿，而每当这种时候，老头儿总能回光返照，颤颤巍巍走出门口，先与来人亲切握手，再扔给狼狗两块碎肉，然后满脸堆笑地摸着狗头说：

"让组织费心了。"

除去象征性的凭吊与慰问，席间人们说得最多的话题也是拆迁。谁家占了便宜谁家吃了亏，谁家没门道谁家路子野，谁家错过了机会谁家以后可抖起来了。小地方的房子和北京的房子不是一个概念，但这并不妨碍他们集体兴致高涨。一片嘈杂之中，唯有俩人对这事儿避而不谈，就是王亚丽和她妈。母女俩一个心无旁骛地摸牌打牌，一个无所事事地东张西望，她们都感觉对方有话要说，又都在等着对方先开口。

王亚丽清晨坐上的火车，这时就耗到了日头当空。牌桌就地变成饭桌，大碗小碗从棚外端了进来。众人埋头开吃，还有几个男人不合时宜地闹起酒来。而这时，王亚丽又看到了奇异的一景。那是位于大棚紧里头的一张桌子，桌边坐了七八个男女，有老有少，穿着长相都和常人并无不同，有所区别的是吃饭前的架势。只见他们纷纷拉起手来，围拢成一个不规则的圈，接着一起低头闭眼，口中念念有词。

"感谢主，赐我食……"一个男人领诵。

"求祝福，赐我力……"一群人们呼应。

他们进而唱起歌来，那首歌居然是王亚丽听过的：

主，你是盛开在

沙仑的玫瑰

谁不切慕喜爱将你采归

你如那膏油馨香绽放四溢

你艳丽芳香秀美

……

　　和音稀稀拉拉，腔调高低错落，听得王亚丽一时恍惚。不觉之间，她的嘴巴也跟着慢慢嚅动了起来，在什么地方听熟了的词句从舌尖上跳脱而出，从无声到有声，从间断到连贯。听到最后一段，她干脆是在喃喃地附和着伴唱了：

　　有主无怨无悔

　　你让我一生拥有你那芳香的玫瑰

　　因你在我的里面我就秀美

　　因你在我的里面

　　我就永远艳丽芳香秀美

　　这时她妈的声音却传过来，打断了王亚丽的伴唱和神游："这是唱诗班，乡下土坯教堂里出来的，碰上喜事丧事都给唱，也不收钱，纯图一乐。舍不得请和尚道士吹鼓手的人家，办事儿也爱找他们。这都唱了一上午了，看来还没过瘾呢。"

看王亚丽不搭腔，她妈又补充："就是唱得不咋样，歌儿的内容也不讲究，经常在丧事上唱喜事的歌儿，在喜事上唱丧事的歌儿，为这个还挨过打。"

她妈还说："领头那男的更不靠谱，娶了俩老婆。"

王亚丽本来心虚似的低头闭口，生怕别人发觉自己出声儿，而听她妈这么一说，便循声又往那边桌旁望去，看向方才带领众人祷告的男人。在那人的左右两侧，果然各站了一个女人，其中一个估摸还是瘸腿，因其基座不稳，导致一边的肩膀夸张地往斜上方四十五度翘了起来。王亚丽恍然大悟：原来在某天早上，她妈给她讲过的信主光棍儿确有其人。也怪不得大棚外边还停了辆宝蓝色的"帝豪"汽车，在她妈讲的那个笑话或者寓言里，光棍发了财以后买的就是一辆"帝豪"，今天带寡妇出去兜风，瘸腿女人就在家做饭，明天带瘸腿女人出去兜风，寡妇就在家做饭；人歇车不歇，换人不换车，恰如同一个亚当俩夏娃，或者配了两只茶碗的茶壶。然而看今天的情形，却是两个女人一同出动，可见传闻也不准确。另外听她妈刚才的口气，倒像头一次说起光棍其人，看来是当初讲完之后自己倒先忘了。而像是发生了某种感应一般，那光棍似乎察觉到了王亚丽投向自己的目光，突然绽开一抹笑容，对她若有若无地点了点头。不光是他，就连他身边的寡妇和瘸腿女人也不易察觉地颔首微笑。他们的神色也让王亚丽感到似曾相识，她想起在什么时候，什么地方，也有过什么人这样对自己笑过。他们心照不宣，就好像王亚丽是他们的自己人，是他们的"姐妹"。王亚丽忽然觉得紧张，心怦怦跳，又低下了头。

她妈恰好又把一个丸子夹到她碗里："鸭梨，吃。"

接着扬声招呼别人："你们也吃，拣大的塞。"

王亚丽重新抬头，瞥了瞥桌上，只见一个新端上来的深口盘子里滚着若干丸子，都是小孩儿拳头大小，周身裹满浓油赤酱。如果不出意外，她妈夹给她的又是丸子中个头儿最小的那一个。这套陈旧但却有效的经验令王亚丽心里浮出一丝冷笑，随之而来的却是难以遏制的厌恶。同时她也意识到，从介绍信主的光棍儿到勒令她吃丸子，甚至是在她刚出现在街口时隔着帘子的那一声

"鸭梨"，她妈都在变着法儿地消弭与自己的隔阂。经年不见，母女之间仿佛竖了堵墙，而她妈宽宏大量地穿墙而过，来找她了。但王亚丽她妈愈是热络地逼近，墙这边的王亚丽就愈是浑身发凉。

如同条件反射一般，她腾地起身，拔腿就走，像头倔驴似的钻出大棚，差点儿撞翻炉灶，打了个趔趄拐上街头。身后似乎有人喊她，可她没理。她一阵风地沿着坑坑洼洼的柏油路往家走去——假如那里仍然可以被称为她的"家"的话。

地方很近，就在那排平房的紧东头，门口立着根水龙头又砌了个水池子。王亚丽掏钥匙开门，门上挂的居然还是旧时那把锈锁。呼啦门开，屋里却气象一新。原来是里外一间半，里面是她妈的卧房，外面半间横张单人床给王亚丽睡觉；而现在里外间都打通了，小床早已不知去向，腾出的空间支了张麻将桌。桌上还展示着上次打剩下的牌局，不知是谁和了把条子"混一色"。不仅如此，电器也换了新的，电视还是"拼多多"上新推出的29寸"索尼"液晶；更扎眼的是一床被褥都罩上了大红人造缎面，被套上绣了两条金丝鲤鱼。

王亚丽扫了眼窗台上的牙缸，里面两把牙刷，一粉一黑。

她又用脚扫了扫床底，踢出一双男人的尖头猪皮鞋。

认清形势以后，王亚丽却并未感到真相大白的愤恨，甚至也没有出其不意的惊愕。相反，她屏息凝气地又在屋里逡巡了一圈儿，这才绕回到麻将桌旁，拽了把椅子坐下来。此后她就没再动弹，镇定得近乎呆滞，只是里外一齐发冷，觉得自己像个冰人儿似的直冒寒光。窗帘敞着，已经偏斜了的太阳把光线投射进屋，假如不是地上还有一团影子，王亚丽几乎感到自己被照透了。而当她的脑子里间或一轮，想的也全都是一些具体的、琐碎的事项：拆迁手续上写了她妈的名儿，应该就藏在这屋里的什么地方，不过也没有找出来看看的必要了；来时路上还略有些忐忑，后悔空手回家，也没给她妈带点儿东西，现在想来，这个念头还是傻，还是贱；晚上住宿倒成了问题，总不能她也窝在那床红通通的被子里吧……

不知何时，房门一响。她妈的声音追进来："也不开灯。"

王亚丽霍然而起，这才发觉屋里黑了大半，太阳几乎滑出了西边的天际。这一下午过得飞快。她妈大大咧咧地踱进屋来，身后果然跟着个男人，四十多岁，干瘦身材，穿件随风乱晃的青绿西服，西服布料带有荧光效果，使他活像个塑料绳编织的蚂蚱。王亚丽突然记起，这只蚂蚱她也是见过的，就在中午的大棚外，当时他正守着灶台炒菜，只不过炒菜时穿的是条油脂麻花的脏围裙，这时不光换了衣裳，就连头脸也收拾得一丝不苟。如此注重仪表的厨子也不多见。而那只蚂蚱也挺知趣，瞟了王亚丽一眼就蹦跶进了隔壁的小厨房。

王亚丽也不说话，斜眼看她妈脱了绛紫色化纤西服，露出墨绿色化纤衬衣，噼啪静电一响，又从裤兜里掏出一把散钱。那钱皱巴巴的，面额最大不过十块。将钱捻平再揣好，她妈一拍脑袋走到门口，对着厨房窗户吆喝："晚上下面少放盐，中午丸子就咸。"

厨房里轻柔且漫长地应了一声，听来就像戏里旦角的一唱三叹。

王亚丽她妈这才又转向王亚丽："你看你，回来也不打个招呼。"

王亚丽决定开门见山。于是起身，直盯着她妈：
"说说吧？"

她妈一僵，明知故问："说什么？"

王亚丽拿眼在屋里扫了一圈儿："谁也不傻。"

"瞧你这话。"她妈一笑，"那就说说。"

然后母女俩弯腰脱鞋，盘腿上床，相对而坐。这副
姿态远看如同参禅，又有点儿像电视里的古代日本人，
还让王亚丽想起健身房瑜伽课里的"腹式呼吸训练"。
在她的记忆中，每当涉及家里的重要事宜，包括"卖逼
的"强于姥爷要饭、她爸是如何与粮店那娘们儿跑了
的、别上高中了上个幼儿体教班算了等，她妈都是以这
种形式向她说起的。可以说，这是母女之间罕见的具有
仪式感的时刻，也是王亚丽少有的感觉受到了她妈重视
的时刻。于是她觉得时间正在凝滞，心里不光忐忑，竟
然还有一丝怀旧似的暖意。

但与王亚丽相反，她妈的口气却是挥洒自如的，
甚而有些故作轻松。也许是心知没什么好瞒的了，也
许是早就打过不知多少遍腹稿，话从她妈嘴里流淌出

来，就像从口袋里往外漏米一样流畅、连贯、密集。她妈先说，隔壁屋里那厨子姓吴，按辈分王亚丽该叫他声叔，不过不叫也行，反正不熟；吴厨子离过婚，是从邻县过来的，白天给人家的红白喜事掌勺，晚上就在县城广场摆摊卖砂锅；砂锅挨着烧烤，一来二去就和她妈混熟了，处了一段觉得还行，俩人一致决定往前"走一步"。她妈又说，吴厨子这人别看女里女气的，但其实很有思想，会背不少名人名言，问他为何跑出来，他就说"既然选择了远方，我们注定风雨兼程"；吴厨子甚而还很有理想，离婚也是因为想开饭馆但老婆不让，索性一跺脚抛家舍业。她妈还说，自打结识了吴厨子以后，她本人的层次也有了提高，认识到了以前沉迷打牌是虚度时光，所以现在轻易不上桌，上桌也坚决不玩儿大的；她决定和吴厨子携手奋进，俩人共创一番事业；而理想不能空谈，还要付诸行动，为了把饭馆开起来，她打算投入的数目是……

"等等，"听到这里，王亚丽不得不打断她妈，"你还要给他开饭馆？"

她妈更正王亚丽："是一块儿开。炒菜也卖，砂锅也卖，烧烤也卖。"

"卖什么我不管，但你哪儿来的钱？拆迁换房的钱不还让我掏了……"

"没钱也可以想办法。"她妈坦率地看着王亚丽，又一笑，"我是这么合计的，拆迁不是给套两居室吗，我先拿去做抵押，有公司能给贷出款来。一套两居本来值三十来万，房产证一时办不下来，就得打个折扣，不过二十万怎么也有了。用这钱先把以前牌桌上的账清了，剩下的勉强能够盘个店面，地方还不错，就在广场对面……"

王亚丽盯着她妈："那房子呢，不要了？"

她妈说："我问过公司的人，抵押的房子一样能住，只要按月把利息还上就行。"

王亚丽的眼珠子逐渐放大："还不上呢？就归人家了？"

她妈默然两秒，吓吓几声："别说这么不吉利的话行不行，我挣钱还不是给你留着？"

"你要亏钱呢，是不是也得我还？"王亚丽也默然两秒，然后咬着牙根儿低声问，"你是不是已经跟人家把合同签了？"

王亚丽她妈就没了话，也不看王亚丽，骗腿儿下床，踩了双拖鞋，将散落在麻将桌上的断壁残垣归拢到一只鞋盒子里去。她的动作不紧不慢，修砌得严丝合缝。桌上的牌面被藏了起来，然而底牌又是不言而喻的。也可见她妈与厨子早就把日子过出了默契，这边桌子刚清干净，那边面就端进来了。厨子折返两趟，把三只大碗依次摆在桌上，碗口腾腾冒着热气。然后他仍不说话，点了支烟先抽起来。而王亚丽也骗腿儿下床，蹬上鞋往外就走。

　　她妈问："你哪儿去？"

　　王亚丽说："回北京。"

　　她妈又问："怎么刚来就走？要不先住……"

　　王亚丽站住，凛然往床上扫了一眼："你让我睡哪儿？"

　　说完，她再现了中午大棚里那一幕，像头倔驴似的夺门而出。对于这个举动，她妈或者拦了但没拦住，或者压根儿就没拦，总之在两个多小时以后，王亚丽又坐上了从河南开往北京的火车。她也忘了自己是怎么逃出了旧县城、怎么跳上了一辆夜间长途车，又怎么冲进了郑州火车站的售票厅；她只记得她始终都在埋头狂奔，而且脑子嗡嗡发蒙。这个点儿已经没有高铁了，还在卖票的只有绿皮过路车，但只要能挤上去，以最快的速度离老家远点儿，再远点儿，王亚丽就谢天谢地了。对于此时的王亚丽来说，北京，尤其是麦子店，才是令她感到安全并且值得托付的地方。

　　路上手机总在响，是她妈打来的。王亚丽始终没接。

9

　　绿皮车缓缓出站，王亚丽的脑子才随着脚下的轮轴恢复了转动。

　　对于这短短一天的返乡之旅，她尝试着进行总结。她知道她妈又找了男人，是个厨子，并且俩人准备"往前走一步"；她还知道老家的旧房的确将要换成新房，但新房很快又要被换成饭馆；她更知道因为拆迁手续上没写自己的名儿，所以对于上述一系列从房到钱，从钱到饭馆的转换过程，她似乎也就没有任何发言权了。那都是她妈提前计算好的吗？或者还是厨子背后撺掇的结果？看来恐怕都像。而归根结底一句话，王亚丽算是没家了。或者说，自从她出门找活儿干，自从她爸和粮店那娘们儿跑了，甚至于自从她妈给她取名叫作王鸭梨的那一刻起，"家"这个概念对她而言就已经渐行渐远，直至烟消云散。

她过去只是一直不愿承认，而她现在必须承认。

电话又响，还是她妈打来的。出乎王亚丽本人的意料，这次她盯着屏幕上的河南号码愣了片刻，随后一动手指便按了接听。地动山摇的悲怆已经淡去，取而代之的只是心酸，那么一点儿并不难以忍受的心酸。就连对她妈，王亚丽也没那么怨更没那么怕了。

她妈的声音似在打战："鸭梨呀？"

王亚丽道："你说。"

她妈说："临走你也没吃碗面。"

王亚丽道："我就想看看你，看着了就够了。"

她妈说："知道你恨我。你恨我吧？"

王亚丽道："说哪儿的话。"

她妈说："恨就恨吧。再不往前走一步，我就真走不动了。"

王亚丽道："妈，我不恨。"

她妈说："你个小卖逼的，心眼儿倒是好。"

然后母女俩平静地挂了电话。打电话时，王亚丽仍蜷缩在车厢之间的过道，当火车驶过某个小站，站台上白晃晃的灯圈从她头顶滑过，当小站被抛在身后，黑夜便重新在她头顶上的窗外凝结。此后的一夜，她也不知自己是睡着还是醒着，说睡仿佛还在想事，说醒仿佛又一片混沌。半梦半醒之间，北京到了。

与高铁相比，绿皮车的速度慢了几倍，因此站台上已经是晨曦初现的黎明。王亚丽眯着两条眼缝儿，换上刚开始运营的地铁，回到了麦子店。顺着台阶钻出来，她看到麦子店还是麦子店，甚而更加向王亚丽袒露了它的本相：街上难得地没有了人，只有演奏着《兰花草》旋律的洒水车不紧不慢地驶过，一侧的水翼上挂着彩虹；不光是那家起了法文名字挂了英文招牌的面包店，就连那些咖啡馆、酒吧和书店也都黑了下去，变成一块又一块呆头呆脑的玻璃门窗。这里就像北京的大多地方一样，都是钢筋水泥集合而成的积木似的建筑，甚而比别处还更旧些；但这里只要填满了人迹，就成了王亚丽眼里的奇幻所在。

作为麦子店的诸多人迹中的一员，王亚丽正准备用自己去填充它。

她离开地铁站，一边往小区的方向走着，一边还在想着要不要给"果粒橙"打个电话。但跟他说些什么呢？说自己在老家打了个照面就跑回来了？说幸亏没听他的，把钱放在她妈那儿？对于不知身在何处但想必正处于焦头烂额之中的"果粒橙"而言，这些事情恐怕也没有再说的必要。说了平白惹他着急，没准儿自己还得挨上几句脏话。况且历经了一天一夜的折腾，王亚丽已经困得睁不开眼了，一脑门子金星乱冒，她只想赶紧补上一觉。

经过写字楼又横穿林荫道，出租屋所在的那栋旧楼便从晨雾中露了出来。楼的外立面好像被泼了一层水，远望上去湿漉漉的。楼下的铁栅栏外，停了两辆面包车改装的早餐车，一辆能在微波炉里热面包热牛奶，一辆还能支起饼铛子做鸡蛋灌饼。这是有关部门取缔了无照馄饨摊和包子铺之后引进的便民设施。轻微的油烟味儿在这样的早晨更加富有刺激性，王亚丽一边打着哈欠，一边又被滋生的口水呛得咳嗽了两声。然后她陡然站住，一阵哆嗦从脚底生发出来，经过腰际，滑上肩头，令她的身子像风里的树一样摇曳。

在一辆早餐车前，她认出了几条人影。

对于那些人，她当初其实也没看清楚过，不过她的胳膊仍对几只大手的力道记忆犹新，她的皮肉更是被唤醒了一左一右两根硬物所产生的尖锐感和紧迫感。是他们吗？很可能是。在那几个无所事事地啃食鸡蛋灌饼的男人身上，王亚丽辨认出了确凿有力的外在证据：一个小寸头，一个大光头，一条金链子，四只粗壮而布满文身的胳膊，一双锃亮的黑皮鞋……这些人距离王亚丽也就十几二十米，他们那"咋的，咋的，你咋的"的东北口音声声入耳。假如这些人又是奔她来的，那么就冲他们那不舍昼夜的精神，中介公司也应该给他们发面"尽忠职守"的锦旗。这个念头让王亚丽感到一丝好笑，但她当然是笑不出来的，因为"果粒橙"曾经深表担忧的事情马上又被她重温了一遍。直到这时，她才意识到了"果粒橙"的警告不是耸人听闻，同时承认自己返回麦子店的决定太冲动也太草率了。

迎着从楼上某扇玻璃窗里反射下来的阳光，王亚丽好不容易止住哆嗦，直愣愣地瞪着男人们的头颅与后脖颈子。她似乎在心甘情愿地等待对方转过头来，那么她的自投罗网就算彻底坐实。然而当照在她脸上的光亮随着楼上窗户的晃动飞快地一偏，王亚丽也登时醒过了神儿。恰好有辆早班公共汽车靠站，从通州甚至燕郊披星戴月地赶来的上班族蜂拥而下。她迈开步子，一头扎进了那团相互碰撞、各自奔忙的人群之中。

王亚丽又在逃跑了。她从北京逃回河南，从河南逃回北京，此时逃跑在麦子店那薄雾散尽、阳光灿烂的街头。如果说此前的逃跑来自不知真假的恐吓，那么眼下的这场逃跑就是实在的、迫切的，简直如同火燎屁股滋滋冒油了。她充耳不闻别的声音，只听见胸膛里的怦怦乱跳；她压根儿不敢回头张望，只在顺着街道拐弯时才会飞快地向身后扫一眼。更加令她魂飞魄散的是，每当余光瞥过刚刚走过的路面，她都能看见那几个男人的身影正在后面不紧不慢地移动，与她保持着一致的速率，她快他们也快，她慢他们也慢。

毫无疑问，当她发现了对方，对方也发现了她。那么这次他们打算怎么对付她？想来不会只是"跟老妹儿唠两句嗑儿"那么简单了吧。听说"道儿上"都讲究个先礼后兵，假如上回也就是试探试探，这次怕是要动真格的了。为了问出"果粒橙"的下落，他们会像抗日神剧里一样拔她的指甲烧她的头发吗？为了查出那笔钱的去向，他们会像商战大片里一样黑进她的账户破译她的密码吗？尽管慌乱得像只没头苍蝇，王亚丽的联想能力反倒变得格外活跃了。而过了许久，她才又发现自己的运动轨迹和一只没头苍蝇有所不同——正在走的这条路对于她来说，熟悉得近乎条件反射。就算眼睛不认路脚也认路，就算脚不认路鞋也认路。王亚丽从麦子店南里穿到麦子店中里，又拐了个弯来到麦子店东里。在视觉印象上，她相当于从一片灰色矮楼出发，经过一片褐色高楼，最后钻进了一片暗红色矮楼。

既像注定也像巧合，王亚丽反应过来，她走上了当初通往"团契"的那条路。

事后想起那天早上的奔逃，她还觉得自己如同沿着意识中的隐秘幽谷行进——其间或有犹疑、试探，但其实早已身不由己。也正是因为这个原因，对于后来的那些经历，王亚丽一方面感到后悔不迭，另一方面却认为自己连后悔的资格都没有。

而当时的她却意识到了一个突如其来的有利形势。她发现，随着自己在各种颜色各种形状的旧楼之间穿梭，身后那些男人的脚步不仅慢了下来，而且还显得有些拖沓。不光如此，在王亚丽拐弯他们也拐弯、王亚丽停顿他们也停顿的时候，那些男人东张西望的姿态也似乎露出了迟疑。这就对了：虽然清晨人烟稀少，但毕竟是在光天化日之下，谅他们也不敢径直扑上来将她按倒在地；并且他们就算事先到王亚丽居住的那个小区"踩过点儿"，但对于麦子店其他街巷的地形，想必也还是不甚熟悉的。可以这样理解，在这关键时刻，麦子店帮助了王亚丽，掩护了王亚丽，这地方没有辜负她的一往情深。

也正是在麦子店的鼓励之下，王亚丽做出了一个冒险的决定。

当她从侧面绕行经过那栋格外破旧，也格外熟悉的暗红色小楼时，陡然就甩开双腿跑了起来。她的这个举动打了身后的"尾巴"们一个措手不及，当她贴着墙根拐向了楼的正面，他们才发一声喊，急匆匆地追了上来。而这时，王亚丽已经不见了，展示在男人们面前的只有一条空空荡荡的水泥路，以及路边那栋楼房没遮没掩的几个门洞。

王亚丽钻进了其中一个门洞，沿着楼梯往二楼跑去。钻进来她才发现，这扇门洞同样无比熟悉：窄小曲折的楼梯，一堆破纸箱和几辆自行车……不惟如此，更关键的还有从一楼右手边那个房间里奔涌而出的声浪。那是一个老年烟酒嗓，沧桑、洪亮而又抑扬顿挫，说的仍是《三国演义》，但却不是书接上回。故事的转换恰恰度量了王亚丽有多长一段日子没来过了：记得上次从这儿离开，听到的还是赤壁鏖兵，现如今就跳到了关云长走麦城。正当单田芳说到赤兔马中了绊马索，她也感到脚下一软，正当单田芳说到关云长摔下了赤兔马，她也一轱辘，从一楼通向二楼的楼梯上滚了下来。这是逃跑路上的一个小插曲，王亚丽为她的着急忙慌付出了代价。直到晕头转向四仰八叉地坐在地上，她才抬头看清，楼梯靠墙的一侧比原先多了两捆旧报纸。这年头，只有真正的"老范儿"人才保留着看报纸和卖废纸的习惯，也正是"老范儿"人那把公共地方当作自家地方的习惯给她下了绊儿。王亚丽却顾不得胳膊、后背和脖颈子上弥漫着的疼，她只想着赶紧爬起来再跑上二楼去。还有人追她呢，那些人可不傻，他们发现王亚丽不见了，就一定会在这栋楼前挨着门洞往里窥探。

也就在这时，发生了逃跑路上的另一个小插曲。

在王亚丽的身旁，一楼右手边那扇木门吱扭开了。

"吗呢？"一个沧桑的烟酒嗓问她，令王亚丽恍惚觉得说话的正是单田芳本人。门里那人该是听见了她摔下来的声响吧，也许她的膝盖或者脑袋磕到了人家的房门。但即便如此，能在连绵不绝的评书声中听到门外有人轱辘着打滚儿，这也够让人惊奇的。他得有多闲，多么没事儿干，才会两不耽误地声声入耳。

王亚丽既没力气也没胆量答话，她只是抬手指了指楼梯上的旧报纸。

那人便从王亚丽身上跨过去，上了两级台阶，弯腰拎起横在楼梯上被她踢歪了的报纸。仰着脖子的王亚丽从下往上看，只见那是个五六十岁的老大爷，一副矮胖身材，天已经不热了还穿着松松垮垮的大裤衩子和挎篮背心，背心撩上去半截，勉强搭盖着形状好像漏了气的轮胎的肚皮。他直起腰走下台阶，居高临下地瞥了眼王亚丽，那张剃着花白板寸、长了个酒糟鼻子的脸上，展现出一览无余的烦躁与嫌弃。原来一楼的住户就长这

148

模样。

"上楼不看着点儿，你奔丧呢你。"呜呜曩曩的北京话，天生自带着目空一切。那口气的潜台词，分明是毫不在意王亚丽摔坏了没有，但却心疼他那两摞旧报纸。

"起开点儿，别挡道儿。"对方又说。

王亚丽便爬了起来，和老大爷错了个身子，继续往楼上走去。她的脚步比刚才轻了许多，这是因为楼道门外似乎还传来了高一声低一声的东北腔，如果那些男人恰好往里看上一眼，那她就再也无处可逃了。然而只要从一楼跑到二楼，情势又会不同了吧，王亚丽这么盘算着，期冀着。二楼有个接纳她的所在，她对那里抱有孤注一掷的信任。

但这最后一段路程却行进得如此艰难。刚跨上两级台阶，她就感到右膝盖又在疼了，并且那疼不同于以往，不是隐隐作痛也不是撕扯着疼，而是仿佛一把钝刀插进了她的骨头缝儿里，又血淋淋地连着筋搅动。她大汗淋漓，下半截身子沉重地往下坠着，赶紧用两手紧紧抓住锈迹斑斑的铸铁栏杆，这才避免了再次仰头摔下去。千不巧万不巧，在这一刻，旧伤来了个总爆发，刚才那个跟头又在原有的基础上火上浇油。王亚丽不得不大幅度地弓着腰，屁股高高撅起，咬牙不作声，手脚并用地往上攀爬。她明白，这种时刻意志品质就是一切，决不能放弃，否则这天早上所有的运气和勇气都将化为泡影。

而她略一回头，却发现一楼的住户站在自家门前，正直勾勾地看着她。

那个老大爷，他提着两摞旧报纸，支棱着膀子，歪着脑袋，把目光顺着倾斜的楼梯投射上来。目光落在什么地方呢？两点之间直线最短，它就那么毫不拐弯儿地杵向了王亚丽高高撅起的屁股。这天王亚丽穿的是条紧身运动裤，下半身绷得曲线毕露，并且由于只敢左腿用力，重心不稳，她的屁股还在随着步伐夸张地、摇曳不休地扭动。于是这一瞬间就形成了这样的局面：痛彻心扉的王亚丽在为一楼的住户表演着扭屁股。

老大爷看得不仅眼睛，就连酒糟鼻子都在闪闪发亮。

他的脸也鼓胀起来，仿佛涂了一层红油。

这副表情把王亚丽惊得目瞪口呆，但她不仅无法叫出声来，更不敢就此停住。迫于形势，她也只能摇曳不休地扭下去。观赏与被观赏的过程仿佛被无限拉长，变成了电影里摇曳的慢镜头，直到王亚丽终于攀登完了第一段台阶，又艰难地拐弯儿爬上第二段台阶才宣告结束。斜下方传来砰的一声门响，好像是一楼的住户正在为意犹未尽而抱怨。王亚丽提心吊胆地舒了口气，右腿的疼痛却因为紧张和耻辱而更加来势汹汹了。她再没力气扒住栏杆，干脆两手撑着台阶，以兽类而非人类的姿势完成了后半程的攀爬。终于来到二楼右手边的门前，王亚丽才又直起身子，把身子倚在门上，急促但并不响亮地拍门。这时她也意识到了另一个问题：凭什么认定岳晓芬姐妹一定在家呢？今天又不是周末，不是"团契"活动的日子。

而门竟开了。倚门而立的王亚丽随即朝着那条缝隙里扎了进去，随着缝隙越来越大，她的身体也越扎越低——也就是说，因为重心不稳，王亚丽重新扑倒，像段树干似的一头栽进了门里。岳晓芬姐妹发出了轻声惊叫，幸亏没被她砸着，但也被她吓得脸色惨白。

王亚丽仰起头来，像被掐住嗓子一般断断续续吐气："让我待两天，行不？"

　　岳晓芬姐妹还没开口，王亚丽又歪头看向了侧面那扇敞开的门上，一个干瘦的男人的画像。男人面目慈祥，仿佛洞悉一切，脸后还拢着个光圈。因为眼神一晃，王亚丽的第二句话就不仅是对岳晓芬姐妹，同时也是对画上的那男人说出来的了：

　　"求求你们了。"

10

　说是求人收留两天，王亚丽却先住进了医院。

　她一摔进屋里就挪动不得。岳晓芬姐妹绕到她身后，俯身把两只胳膊插进她的肋下，想将她搀扶起来。然而费了半天力气，仍是徒劳。岳晓芬姐妹劲儿太小，王亚丽的身体又沉得像个水泥口袋。王亚丽也纳闷儿，自己的力气怎么就被抽干了，一滴不剩。她挣扎许久，总算在岳晓芬姐妹的帮助下先靠墙坐好，接着又想说点儿什么，但话到嘴边却再也吐不出口。她只是呼哧喘气，又捂着膝盖呜呜了两声。

　岳晓芬姐妹则一直没有停止忙活，这时她又拿手背搭了搭王亚丽的脑门。王亚丽感到对方的手背冰凉，随即反应过来，那是因为自己的身体滚烫。她听见岳晓芬姐妹哎哟一声，更加明白浑身的疼痛不仅是因为滚下了楼梯，还因为一场轰轰烈烈的高烧。至于发烧的原因，她猜想，可能是昨天一夜窝在火车过道里受了凉，或者干脆就是早上被那几个追踪者给吓的。而不久以后，便有医生对她的病情做出诊断：她患上了急性肺炎。

医生就是李琴姐妹，那个头上开着一朵盛大的白色菊花的老太太。

李琴姐妹又是被油光水滑的大胖子抬着轮椅运送上楼的。这时王亚丽才知道，她曾经是一家工厂的厂医，只不过现在厂子外迁她也退休了。在向"团契"的伙伴求援之前，岳晓芬姐妹终于把王亚丽扛进大卧室，扶上了大胖子每次讲经时正襟端坐的那张木板床。她还从自己的房间里搬出被褥，把王亚丽裹成了一只蚕蛹，蚕蛹上画着几只可爱的喜羊羊、美羊羊和懒羊羊。做完这些事，王亚丽似乎踏实了一些，岳晓芬姐妹却被冷汗浸透，喘得比刚才的王亚丽还要凶猛，以至于随后赶到的李琴姐妹还以为生病的是她本人，诊断完王亚丽，又专门给岳晓芬姐妹连听带扣地探查了一番前心后背。

"你得留神，她这病传染。"李琴姐妹提醒岳晓芬姐妹。

岳晓芬姐妹笑笑没说话，仿佛要证明"我不嫌弃"似的，又拿自己的杯子给王亚丽倒了点儿水，托着她的头喂下去。

李琴姐妹又敲打："虽说凡事主安排，人也不能太大意。"

在李琴姐妹的建议下，岳晓芬姐妹便没独自把王亚丽再扛到医院，而是叫了救护车。被人抬下楼时，王亚丽的心里又开始怦怦乱跳，她担心那几个男人仍在附近徘徊，等候着她，监视着她。于是她扯着担架上的白被单盖住了脸，这使她看上去形同一具尸体，吓得两个在楼道口狭路相逢的中年妇女嗷嗷乱叫。又多亏了李琴姐妹的面子，麦子店附近那家原先的工厂附属医院才给王亚丽腾出了一张病床。此后的处置就是按部就班了：化验，拍片子，输液……李琴姐妹的诊断完全正确，为了治疗肺部感染，医院给王亚丽注射了大剂量的头孢。骨科也来会诊，万幸没骨折，但因为韧带撕裂，她的右膝盖也被打了固定。

病床上的王亚丽是这么一副模样：脸色苍白，满嘴大泡，头发像抹布一样打绺儿，一条带壳儿的右腿高高挂起。她成天也不言语，哪怕是骨科大夫对她进行那些疼痛在所难免的检查，都没让她吭出声来。管床护士是一北京大姐，每每叉开两根手指在她眼前晃悠，问她这是几。王亚丽继续愣着，等对方都快走了，才出其不意地蹦出一个"二"。

护士就说："你也知道你'二'呀。"

又说："你要傻了，我们这儿可治不了，得转'安定'。"

王亚丽仍不开口，但她却想：真傻了倒好了。因为没傻，所以还得算账。算存款，算花费，算医药，算伙食。住院的开销她心里是有数的，兜儿里那仨瓜俩枣根本不够。而医院之所以没发过催款通知，还给她尽心治疗，想必是仗着来时交了一笔不菲的押金。押金又是谁出的？王亚丽清晰地记得，当她躺在铁架子床上被推向病房时，岳晓芬姐妹正攥着一沓单据跑前跑后。她们萍水相逢，也就是硬塞了本小册子、见过几面和拉着手唱个歌儿的交情，可如今，王亚丽不光蹭了人家的饭，还花了人家的钱。

算账的结果是事不宜迟，得赶紧通知"果粒橙"。

王亚丽身上的、心里的病都是怎么坐下的？归根结底还不是跟那个孬孙有关。况且既然是"亲人"，她王亚丽现今有难，"果粒橙"也责无旁贷。于是趁着医生查房护士查体的间隙，王亚丽掏出手机，持续不断地拨着"果粒橙"的号码。但却拨不通。刚开始是"不在服务区"，后来就变成了"已关机"。听筒里反复传出一个电子娘们儿无动于衷的口气，让王亚丽的心情从失落变成焦躁，又从焦躁转为茫然。她白天打夜里也打，直打了三天，才确认了一个事实："果粒橙"失联了。

那么他在哪儿？如今又在干吗？他怎么既躲着仇家也躲着"亲人"了？

除去算账以外，王亚丽还得琢磨这些。住院三天，连通血管的输液瓶和绑在腿上的塑料板渐渐起效，王亚丽身上和膝盖里的痛楚正在减轻，但她又开始脑仁儿疼了。她甚至还突如其来地冒出了这样一个疑惑：他怎么就成了她的"亲人"？就因为他在出租房的沙发上把她给办了？就因为他把侮辱和谩骂集中倾泻到了她身上？就因为他让她代为保管那笔烫手的山芋一般的钱？当然，如上种种说明了他对她的欲望勃勃、情有独钟和绝对信任，但反过来想——王亚丽惊异于自打认识"果粒橙"以来，自己居然从未"反过来"想过一次——她愿意接受他这个"亲人"吗？他是王亚丽所需要的那种"亲人"吗？

还是她太缺乏"亲人"了，以至于饥不择食？

那么他把她当作"亲人"，是否同样也是不加选择的结果？

或者这世上的"亲人"都是被动的，强加的，就像她不能决定谁是她的妈？

这些推论吓得王亚丽浑身一颤，她咔哧咔哧地挠着头皮，好像用力洗刷着自己的脑子。类似那些复杂的、终极的问题，向来不是她所能承受得了的，她得避免给自己平添痛苦。而王亚丽必须回过神儿来的另一个原因，则是岳晓芬姐妹恰好从病房门外走了进来。

此时正是下午，刚到医院准许探视病人的时间。在王亚丽住院期间，每天这个点儿，岳晓芬姐妹都会过来，来时手里拎着几个水果或一只盛了粥的保温桶。她不用上班吗？王亚丽问过岳晓芬姐妹。岳晓芬姐妹回答，自己在麦子店的一家花店当售货员，下午顾客少，老板管得也不严。那也不用替她操心，反正一时半会儿死不了，又反正是死是活天注定，王亚丽自暴自弃地推辞。同时她也奇怪，她的自暴自弃里，为何还含着点儿撒娇的态度。

岳晓芬姐妹便看着王亚丽，沉吟片刻，轻声说："主不会丢弃任何一只羔羊。"

这就让王亚丽无法发问也无法作答了。她只能像现在这样，沉默地望着岳晓芬姐妹。门外的阳光喷涌而入，将岳晓芬姐妹照得金光灿烂并且面目模糊。在王亚丽眼里，岳晓芬姐妹是庞大而又瘦弱，清凉而又炙热的；她的脸后还拢着一团光圈。

这天岳晓芬姐妹来得更有必要。医院通知过王亚丽，由于床位紧张，像她这种病情基本得到控制的病号只能回家休养。岳晓芬姐妹是来接她出院的。出院回哪儿去？王亚丽一边愣愣地换衣裳穿鞋，一边又在琢磨。而岳晓芬姐妹早办妥了一系列手续，就连药都取了，她挽着王亚丽的胳膊就往外走。王亚丽身子发飘，右腿不能弯曲，傍着岳晓芬姐妹，一斜一斜地穿过走廊，走出住院楼，钻进等候在门口的出租车。这时如果岳晓芬姐妹问一句"你住哪儿"，王亚丽也许会心里一凉，但却一定不会觉得突兀。然而人家竟没开口。出租车早已说好了目的地，三拐两拐，开进了麦子店诸多老旧小区中的一个。

不必朝窗外张望，只凭声响，王亚丽就判断出了身在何处：楼道如同一条沧桑而浑厚的声带，从那里面喷薄着滔滔不绝的铺陈与吟诵。《三国演义》仍在继续，这一天，单田芳恰好说到了曹操杀华佗。因为没处理好医患关系，一代名医命丧黄泉。相形之下，王亚丽的运气就要好得多，当岳晓芬姐妹扶着她下了车，她觉得身上的力气又回来了几分。嘴上仍不言语，她的心里却含着一腔暖意，又像搂着一蓬待开的花。

更让王亚丽感动的还在后面。俩人亦步亦趋上楼，开门，走进"团契"讲经的那间卧室，就见屋里全变了样。原本摆了满地的椅子马扎都被贴墙码放，腾出了供人走动的空间；窗台上多了两只水杯和一只塑料暖壶；木板床上铺着被褥，淡黄的被套一看就是簇新的。王亚丽便怔住了，呆站在门口。她似乎反应不过来这个房间会与自己发生什么联系。而岳晓芬姐妹则先走进屋里，有条不紊地张罗了起来。她一边将从医院带回来的杂物分门别类放置妥当，一边提醒王亚丽各种事项：卫生间有新买的毛巾香皂，洗发水倒可以两人合用；喷头底下放了把塑料椅子，想的是王亚丽腿伤未愈，洗澡的时候最好坐浴，别摔着；此后几天还要回门诊去输液，在家服药的剂量和次数也写在病历本上……岳晓芬姐妹的南方口音清澈而细碎，但却带有不容置疑的沉静气质。王亚丽这时又想起，关于自己怎么就求到了人家头上、赖在人家这儿还要住多久，这些细节其实都没跟岳晓芬姐妹解释过、商量过。而在岳晓芬姐妹那儿，事情却仿佛早就定了下来，压根儿没有解释和商量的必要。

岳晓芬姐妹招呼一声，王亚丽才像得到了许可，小心翼翼挪进门来。

岳晓芬姐妹又招呼一声，她便乖乖靠上床头，侧对着朝南的一扇玻璃窗。

然后王亚丽闭上了眼。她很想打破这温情脉脉却略显僵涩的沉默，但她又感到实在没什么可说给对方听的。无论是感谢还是自责，那都太假也太多余。况且她明白，岳晓芬姐妹也并不需要她的感谢和自责。于是她又想把自己彻底清空，再不去算计什么、琢磨什么，以和岳晓芬姐妹同等的沉静去面对岳晓芬姐妹。

但很遗憾，这也不能如愿。似乎是她的脑袋搭错了线，又似乎是她的一切反应都比现实慢半拍，直到这时，一丝凄然才从心底蔓延了上来，转而扩大得漫无边际，充斥了她包裹了她。当王亚丽重新睁眼，却发现岳晓芬姐妹已经将东西拾掇利索，正坐在床尾，无声地看着她。她也不知道自己究竟和岳晓芬姐妹默然相对了多久，她只感到时间变成了透明的胶状物，把她像标本一样固定在了岳晓芬姐妹的目光之中。并且不只岳晓芬姐妹，似乎还有别的目光也在静静地凝视着她，从高处，从远处，从不存在的所在。

而王亚丽不得不睁开眼睛，则是因为她已经满眼是泪。泪水顺着她的脸上流过，就像河水流过山川，暴露在那浩瀚的阳光一般的目光之下。

"人活着真难，对吧？"王亚丽突然开了口。

岳晓芬姐妹的答复还是那句话："主不会丢弃任何一只羔羊。"

"你对我这么好，是想让我跟你一块儿信主吧？"

王亚丽又问，有点儿挑衅似的。她很期待着岳晓芬姐妹能点点头，那样的话，她也算是知道了对方到底图点儿什么。没有无缘无故的爱，也没有无缘无故的恨，难道不是吗？同时，她甚至做好了向岳晓芬姐妹坦白的准备，坦白她辜负了对方的苦心，还坦白她从一开始就居心叵测。

"那倒无所谓。"岳晓芬姐妹说，"我对你好，是因为主让我对你好。"

这话又让王亚丽无法发问也无法作答。后来她想，也许恰恰因为听了岳晓芬姐妹这么说，她才会如此坦然、如此心安理得地把自己交给了对方。

姑且再来回忆一下俩人同居一室的日子吧——直到有朝一日，底牌全部揭开，王亚丽却还忍不住会把那段时间单拎出来，掐头去尾地咂摸一番。不怪她傻也不怪她贱，怪只怪她从未设想过人还能这么对待人，更搞不懂人凭什么要这么对待人。因为岳晓芬姐妹的照料，王亚丽时常幻觉自己变成了一个婴儿。一日三餐喝水吃药自不必说，就连开窗通风和清洁打扫也都替她想到了。如果不是她涨红着脸极力反对，岳晓芬姐妹甚至连她换下来的贴身衣服都要亲手搓洗一番。不仅如此，岳晓芬姐妹隔三岔五还会从花店带回几枝鲜花，插进矿泉水瓶里摆在床头。那些花有时是雏菊，有时是康乃馨，虽然都是卖不掉的库存货、便宜货，但屋里多了一抹会呼吸的亮色，果然令王亚丽的眼睛和心一同鲜活了起来。

关于岳晓芬姐妹其人，王亚丽也获得了来自诸多侧面、愈发细密也愈发生动的认识。

她首先观察到，岳晓芬姐妹有着极其严谨的作息规律：每天清晨六点钟准时起床，吃过早饭又收拾停当就去上班；中午十二点准时回来进餐、午休，两点钟再准时出门；下午六点半准时回家之后，就此闭门不出，直到晚上九点准时洗漱睡觉。这姑娘的每一天都像是由若干个精准的时间刻度组成，仿佛任何一个刻度发生了偏移，都会让她的生活轰然崩塌。除此之外，虽然王亚丽一向也在受穷，但岳晓芬姐妹的日常开销却节省到了连她都觉得抠门儿的地步。岳晓芬姐妹的牛仔裤和帆布鞋都磨得起毛边儿了，头绳就是一条橡皮筋；卫生间里完全见不着女孩儿必备的眼霜面霜洗面奶，洗脸就用几块钱一块的香皂；吃上更简单，一锅米饭一把青菜再加几个鸡蛋就能对付三天，而给王亚丽补充营养的食品却要单买。怪不得这么瘦，养猫还见个荤腥呢。真该让她跟"果粒橙"交流交流，看谁能把裤腰带勒得更紧。王亚丽带着几分心疼，暗自数落着岳晓芬姐妹，同时又觉得脸上发烧。

当然，拆了东墙也是为了补西墙，节省并非没有原因。"果粒橙"那么折磨他自己，不也是因为想当老板吗？王亚丽猜测，岳晓芬姐妹之所以节衣缩食，多半是由于她租下了这套老式两居室的缘故。估量一下花店售货员的工资和北京的房租行情，这套房子可能耗尽了她的全部收入，其他方面不省也不行。但租房也不是为了自己住，而是为了给每个周日的聚会、讲经和唱歌提供场所。这便又涉及了岳晓芬姐妹更让王亚丽惊讶的一个特质：她不光没有男朋友，似乎就连熟人都没有，她的外界交往仅限于"团契"的那些伙伴。可以这么认为，岳晓芬姐妹的所有日子其实都是为了一项内容而活的，那就是所谓"团契"。

总而言之，岳晓芬姐妹是一个多么刻板、节俭而又寂寞的人啊。在麦子店这地方，见惯了没日没夜的拼搏、没日没夜的折腾和没日没夜的消耗，而岳晓芬姐妹隐居在麦子店，却顽固地维持着与麦子店毫不兼容的存在方式。岳晓芬姐妹可以说是麦子店的另类，她的奇特程度远远超过了那些破衣烂衫的长发男人、夹着香烟的短裙女人和满嘴"傻逼、我操"的国际友人。但王亚丽又想，难道不正是由于另类的存在，才证明了麦子店的多面性吗？这么说来，麦子店虽然没有丰富岳晓芬姐妹，倒是岳晓芬姐妹丰富了麦子店。

看着岳晓芬姐妹，王亚丽再次涌起了冲动：得为人家做点儿什么。

她还给自己的冲动补充理由：虽然人家不求报答，可她也不能太没心肝。

这么想时，王亚丽正像刚住进来那天一样，正歪靠在床上，斜对着卧室朝南的玻璃窗。岳晓芬姐妹则坐在床尾，给她削着一只硕大的鸭梨。她妈怀她时吃不上的东西，她在人家这儿倒是管够。必须补充足量维生素，这也是岳晓芬姐妹给王亚丽制订的康复计划之一，因此每天的水果就像吃药一样必不可少。楼下难得地没有传来动静，就连单田芳都暂时偃旗息鼓了。时间缓慢，日光明艳，树影斑驳，令王亚丽的脑子一阵恍惚。

　　也忘了怎么开的头，从哪儿开的头，她便信马由缰地絮叨了起来。

　　所说的事儿并不新鲜，也就是时常盘旋在心里的那些经历。从小时候被称作王鸭梨到现在名叫Elly，从她爸跟粮店那娘们儿跑了到她妈把家里房子给抵押了，从上小学时没吃过早饭到净在课堂上尿裤子……通过这些讲述，王亚丽很想营造一种氛围，就是她正在推心置腹地和岳晓芬姐妹分享一些什么东西。可惜她能够拿出来分享的，恐怕也只有记忆里的那点儿辛酸。但也怪了，随着话一出口，那些辛酸的事情却仿佛变淡了，变远了，又仿佛自己其实也没有想象中那么可怜。难道这就是"讲述"这个行为的治愈效果？或者是面对着岳晓芬姐妹这样一个人，便让她换了一种心态、一种基调去看待自己？

　　不管怎么说，王亚丽迷恋上了这午后时分的讲述。

　　而岳晓芬姐妹呢？她居然也听得入了神，就连手里的梨皮剥落到了床上都没察觉。在对方那无声的鼓励下，王亚丽便迫切地想要再多掏出一点儿东西来。于是她把心一横，说到了酝酿已久的那个部分——她又把话头拽回了俩人初次见面之后的日子，讲到自己在暖气片上怒撞李陵碑，讲到变成马王爷半个多月不能上班，讲到"果粒橙"那近乎自虐的财务计划，最后讲到她为了"不辜负亲人"而坚决想要省下几个饭钱。说到这里，话头却像受了潮的炮仗捻儿，烧着烧着就接续不下去了。王亚丽停顿半晌，努力地组织措辞：

"也是鬼使神差，我记起小册子上有那么一句话……"

岳晓芬姐妹叫了她一声："王亚丽姐妹。"

王亚丽继续说："你不也告诉过我，聚会之后还有个聚餐嘛……"

岳晓芬姐妹又叫了她一声："王亚丽姐妹。"

这次声音更大，让王亚丽打了个激灵，舌头也被悬在了嘴中央。她有些迷茫地看着对方。岳晓芬姐妹却将削好了的鸭梨递了过来，她那双眼睛又在闪闪发亮了。

岳晓芬姐妹说："后面的都知道了。"

看到王亚丽不语，她又说："要不你也听我说说？"

这摆明了是心照不宣。对方的体贴和苦心，又让王亚丽眼眶一热。而岳晓芬姐妹却舔了舔嘴唇，径自把话接了过去。和王亚丽一样，她讲的也是她自己。于是王亚丽知道了岳晓芬姐妹是江苏人，不是什么大地方，无锡下面一小镇，因为毗邻着太湖而水汽弥漫，尤其到了梅雨季节，衣裳越晾越湿；她又知道了岳晓芬姐妹家是开面馆的，店里除了阳春面和葱油拌面，还会制作一种名叫"青团"的食物，把糯米面用艾草汁液上色，裹了猪油白糖拌的馅儿，等到十五的夜晚蒸出一屉抬上码头，卖给城里过来赏月的人，连湖里瑟瑟的满月都映得晶莹碧绿；她还知道了岳晓芬姐妹从小也是妈带大的，她爸到外面干装修，江苏师傅有名气，不过一去就没再回家，等她后来懂点事儿，才知道父母早离婚了……

王亚丽终于找到了自己和岳晓芬姐妹的共同之处。哦，她们都相当于有妈没爹。当然妈跟妈又不一样，看岳晓芬姐妹的脾性，她妈应该对她不错，起码不会叫她"卖逼的"，也不会为了俩丸子用钥匙扎她的嘴。而除此之外，王亚丽还关心起了另一件事：那么，岳晓芬姐妹是如何"信上主"的呢？画儿上的那个干瘦的男人，他是在什么时间、通过什么契机降临了岳晓芬姐妹？是她们家原本就有这传统，还是也有个陌生人捧着一摞小册子蓦然出现，客气而坚定地让她拿上一本？但对于这些问题，岳晓芬姐妹却并未提及。随着悬念在王亚丽的脑子里延续，岳晓芬姐妹反而又说到了她来到北京以后的生活。

王亚丽也是这才知道，岳晓芬姐妹其实上过大学，念的还是热门的财会专业。直到半年以前，她还是一名外贸公司的职员，上班的地方恰好就在麦子店地铁站附近的那栋写字楼里。可以推想，在许多个夜晚，当王亚丽坐在面包店门口等候半价，岳晓芬姐妹却正在她头顶上方近百米的高空熬夜加班呢。那怎么好好儿的办公室就不坐了，非要跑去站柜台？就算听人家说，现如今的白领未见得能挣几个钱，但再怎么着也比花店的售货员强吧。

仿佛为了解答王亚丽的疑惑，岳晓芬姐妹说：“以前不知道生活的意义，现在才知道。”

后面的话就算岳晓芬姐妹不说，王亚丽自己也能脑补了：人生苦短，岁月如梭，正如羔羊找到了牧者方能脱离迷途，信主的人与其把生命浪费在尘世间的那些奔忙之上，不如过得尽可能的简单，多去倾听主的召唤和旨意，这样才能获得内心的宁静……说实在的，这话如果不是出自岳晓芬姐妹之口，王亚丽八成是会嗤之以鼻——就像健身房也有几个女顾客，动不动就要跑到泰国去灵修辟谷"找自己"，而她虽然嘴上附和"姐，您太有追求啦"，心里的评价却一律是装，是饱汉子不知饿汉子饥。但岳晓芬姐妹过着什么日子，王亚丽又分明是亲眼看到的，这就让她不得不信服了起来，同时抱有几分肃然。

不过话说回来，此时她所相信的，仅仅是岳晓芬姐妹"正在相信"这个事实而已。至于画儿上那个瘦男人，王亚丽仍不认为他与自己有什么干系。这是没办法的事，就连王亚丽本人的意志也不能决定。而她又是多么为此感到惭愧啊。她到底要做点儿什么，才算对得起岳晓芬姐妹呢？伴随着心里涌起的冲动，王亚丽把目光投向了窗外。

在一墙之隔的阳台上，放着一些东西，同样也令她心生困惑。

当初她就看见这间卧室外面还有个阳台，而这也是这种老式房子惯常的格局——阳台约莫一米见宽，两米多长，封了塑钢窗，既起到了防盗的作用，又相当于多了半间房。但直到住进来又昏昏沉沉地躺了几天以后，王亚丽才有了精力去探究阳台上的陈列品：那上面并未晾晒衣裳，也没养着花卉，反倒在靠墙处横了一副造型怪异的金属框架。那玩意儿笼罩在墙和窗的暗影之中，乍看如同什么动物嶙峋的骨骼，再一细看，原来是辆尚未拼装完成的自行车——但却不是一般的"永久""凤凰"，更不是满大街的共享单车，而是一辆弯把细座的"公路赛"。它还是亮红色的，因而显得血迹斑斑。换个角度往阳台的纵深处望去，又能看见一个三合板架子，从上到下码放着各式各样的机械零件：链条、齿轮、弯的直的棍状物和管状物……还有挡泥板、车轮和一个长方形塑料工具箱。阳台俨然是个小车间。

对于那种类型的自行车，王亚丽也是有印象的。她们健身房楼下就有那么一家自行车俱乐部，所有零件都是进口货，可以按照客人的需求组合出各种性能，价钱当然也不便宜。只不过王亚丽实在无法想象，岳晓芬姐妹还有这样一个爱好——就她那副弱不禁风的模样，还不蹬上车就把自己放了风筝？

　　这些疑虑以前也没提过，这时等到岳晓芬姐妹把话一顿，仿佛也说累了，说乏了，王亚丽便将目光收回，眼神随之一晃："对了，那半拉自行车是怎么回事儿？"

　　相较于此前俩人聊的内容，她的提问显得驴唇不对马嘴。岳晓芬姐妹愣了愣才说："外面的东西是房东的，原来说搬走，但我住进来时，才又说要存在这儿。"

　　"房东就是……"王亚丽一手朝下，指指地面。

　　岳晓芬姐妹点头，又愣了愣："你怎么知道的？"

　　这还不得归功于"果粒橙"的一番分析。王亚丽却没回答，她又问："他老开着个电喇叭，弄出那么大动静，街坊邻居就没意见？"

　　岳晓芬姐妹垂了垂眼帘："这楼是厂子里的宿舍房，住的都是老同事，可能别人都习惯了吧。再说平时也还好，就是周日下午的声音会大上一会儿。"

　　"干吗非挑周日下午？那不摆明了就是冲着你来的吗？"

"可能是吧，他不喜欢屋里来人。"

"你交了房租，他不喜欢有什么用？你就没下去理论理论？"

"最早说过，不过没用。"

"他怎么答复的？"

"他说房子是他的，他爱怎么着就怎么着，我们受不了可以搬走……不过租金和押金不退。李琴姐妹他们气不过，说要找居委会，但我想想还是算了。像我们这种聚会，说出去人家也未见得支持，多一事不如少一事。碰上这么个人，姑且就算主对我们的考验吧。好在也就考验三个月，再过一段时间房子也快到期了，到时再换个安静的地方好了。"

果然和"果粒橙"的推论如出一辙，那家伙在自己的专业领域可真是料事如神。而说起这些事时，岳晓芬的语气仍是沉静的，安之若素的，就好像一旦坦然接受，那些倒霉事儿就不是发生在自己身上的了。听到对方这么说，王亚丽就哦了一声，一时没再搭腔。接着又简直是莫名其妙，她的心思忽然沉入了一段遐想，或云胡思乱想。伴随着关于"一楼住户"的话题，她情不自禁地勾勒出了这样一幅画面：

　　一北京大爷，花白板寸，酒糟鼻子，半撩上去的大背心勉强覆盖着漏气轮胎一般的肚皮；他正骑着一辆周身通红的"公路赛"，风驰电掣地穿行在麦子店的大街小巷；车座很高，车把弯如羊角，这导致了他必须弓身撅臀，也导致了他的两条短腿几乎够不着车镫子；还像许多煞有介事的骑行者一样，这位北京大爷的耳朵上也扣了副硕大的耳机，耳机里回荡着澎湃的立体声，但却不是摇滚也不是说唱，而是单田芳版本的《三国演义》……那么这样的北京大爷骑着这样的"公路赛"正在做些什么呢？王亚丽继续丰富着自己的想象：他在追逐，他在跟踪，他在锲而不舍地想要离什么东西近点儿，再近点儿。于是她脑海中的画面在扩展，镜头在前移，她又看到飞驰的一楼住户的前方，还有一个人也在飞驰，而那竟然就是她自己。她也蹬着同样一辆"公路赛"，俯身撅臀，夸张地、充满韵律感地扭动着屁股。恰如夸父逐日，但一楼住户逐的不是太阳，而是她的屁股；也正如同若干天前她爬上楼梯时的那一幕，在王亚丽的想象中，她又在不辞劳苦地向人家展示屁股了。

王亚丽哼地笑出了声。很奇怪，局限在想象中的看与被看，反倒令她感受到了某种喜剧效果，不过随之而来的还是厌恶乃至恶心。岳晓芬姐妹则瞪着一双闪亮的圆眼，呆看着王亚丽。这时轮到她面露疑惑了。王亚丽却一伸手，从岳晓芬姐妹手里接过鸭梨，吭叽吭叽，啃得汁水四溢。一边啃，那个时常涌起的冲动就变成了具体的念头。

嗯，得为人家做点儿什么。而她现在好像知道应该怎么做了。

王亚丽进而坐起身来，大刀阔斧地转动着腰肢，浑身关节嘎嘎作响。她感到精力充沛，还感到斗志昂扬，她正迫不及待地想要实施一个壮举。

11

　　但在实施壮举之前，王亚丽还做出了另一项决定。

　　这就又要说到急性肺炎的治疗流程了：虽然被安排回家休养，但除了大盒小盒的口服药以外，医院还给她开了若干次门诊输液，此外叮嘱必须按时复查。最初的两次输液复查都是岳晓芬姐妹和她一起去的，后来王亚丽就拒绝了对方的陪同。

　　"我又不是没长腿。"她拍了拍仍在作痛但已经拆了绷带的右膝。

　　"你要再客气，我可不敢住这儿了。"她还半真半假地威胁。

　　岳晓芬姐妹就笑笑，算是默许了。而王亚丽之所以坚决要求，也有两个原因。其一自然是心里抱愧。明摆着，人家已经为她耗费了那么多的时间和精力，如果再耽误上班而被扣了工资，那她的人情债可就越欠越多了。至于另一个原因，则是有了岳晓芬姐妹的前两次陪伴，王亚丽的胆子也渐渐壮了起来。最初她走在街上，就像一只白天钻出洞来的老鼠，还要反复估算着周边环境的安全系数。很幸运，经过观察，她并未发现有人跟踪上来。

这是否说明，中介公司的人已经放弃了对"果粒橙"的追查，不得不同意他另起炉灶了？按说还不至于，王亚丽随即否定了这种可能性。理由也很简单：如果那样的话，"果粒橙"就应该欢天喜地出现在她面前，哪怕不是为了看看她，而是为了看看那笔钱。但或许可以这样推测，"道儿上"那些家伙压根儿就没猜到钱在王亚丽这儿，所以认为再找她的麻烦是毫无意义的？又或许，尽管此前他们的蹲守和追踪不可谓不尽职尽责，但因为王亚丽在岳晓芬姐妹那儿藏匿得无影无踪，也就让他们束手无策，只好作罢了？不管怎么样，此时的王亚丽认为，警报暂时解除，而她应该利用这个机会把和岳晓芬姐妹的账清一清。

于是这天上午从医院出来，王亚丽拐弯儿去了趟银行。

地方不远，下了公共汽车，顺着一条小街往东穿行几百米，在"超市发"的对面就看见了。门脸也不大，如果不是玻璃门一侧摆了两台自动柜员机，几乎不会有人注意到这儿还存在着一个金融机构。而她之所以没去坐落在麦子店的另一家气派堂皇、人满为患的大型支行，专门选择了这个客流稀少的社区储蓄点，也是为了节省时间。

回去还有事儿呢。今天是周日，又到了"团契"聚会的日子。上次大伙儿来时，王亚丽还没好利索，下不来床，为了不打搅她，人家愣是挤在门外的过道里念了一下午的经。这让她很不好意思，寻思着下回聚会之前，无论如何也得将大卧室恢复原样，再把房间腾出来。而要做到这一点，又得趁着岳晓芬姐妹午休悄没声儿地行动才行。否则对方要是执意"勒令"她继续霸占那间屋子，那可又麻烦了，指不定还得再费上多少口舌呢。

和岳晓芬姐妹打交道，只有这么一点不好——她太周到也太客气，还有那么一点儿不解人情的执拗，这反而会造成不必要的负担，既拘束了自己又拘束了别人。王亚丽甜蜜地暗自抱怨着，与此同时，她的眼前又浮现出了最初的那一幕：岳晓芬姐妹手捧着一摞小册子，忽闪着大眼睛，怯生生地站在自己面前。而等进了银行，就见果然人不多，并不宽敞的营业厅里只坐了稀稀拉拉几个顾客，还尽是老头儿老太太。这种人的业务无非是买水买电买煤气，快倒是很快，只不过由于耳朵背，跟别人一句话就能说清楚的事儿，跟他们得嚷嚷半天，因此几个柜台的扩音器里此起彼伏着营业员敬业的吼叫声。

王亚丽拿了个号，坐到不锈钢长椅上。她一边估算着叫号的速度，一边掏出手机，给岳晓芬姐妹发了个微信：把你账号给我。

岳晓芬姐妹一时没回，她便追了一条过去，又带着半真半假的威胁：亲人也得明算账，要不我可搬走了。后面还缀了几个瞪眼鼓气的表情符号。

过了会儿，岳晓芬姐妹就把账号发了过来，此外也有一行文字：拿你没办法。与之相配的表情符号则是一个"害羞"和几枝玫瑰。王亚丽便抿嘴一笑。接着，她脑子里有根弦仿佛被谁随手一拨，发出了清脆的振动。她意识到，自己相当于管岳晓芬姐妹叫了声"亲人"。如果不是在微信里，不是话赶话，这称谓还真叫不出口。在这方面，她可没有"果粒橙"那么热烈和坦诚。而既然对方也应了，俩人的关系算不算是迈过了一道坎儿？岳晓芬姐妹是否也会像自己一样，盯着手机蓦然一愣，然后鼻子突如其来地一酸？

人家做何感想，她也无从知道。反正王亚丽是抬起手来，捂住半张脸，响亮地吸溜了几声。她什么时候变得这么多愁善感了？还是她本身就有着多愁善感的潜质，随便抓住个机会就能"煽"上自己一把？随后，王亚丽又在和岳晓芬姐妹的对话框里打了三个字，"亲人哪"，但立刻飞快地删掉了它们。不远处，叫号机叮咚一响，身旁有个老太太站起身来，慢吞吞地走了过去。她也欠了欠屁股，往柜台的方向挪了两个座位。

这时她听见有人叫自己，其称谓也是亲密的、热忱的："老妹儿呀？"

王亚丽起初并未反应过来，直到略一回头，才感到一股寒意席卷了全身。她还想要跳起身来，但却发现腿像石膏捏的，不仅没劲儿，而且一碰就会碎裂。在她身后的那排不锈钢长椅上，正坐着一个小寸头。那人仍穿着一身黑西裤和白衬衫，踩着一双亮闪闪的新皮鞋，就连表情也还是笑眯眯的自来熟，好像果真和她沾亲带故似的。

在这种状况下狭路相逢，就让王亚丽喉头发紧，一时出不了声。小寸头却和蔼而又兴致勃勃地问她："你也办事儿？啥业务？存哪还是取呀？"

连运了两口气，王亚丽才吭叽出一句："不存也不取。"

小寸头便又挤挤眼："那就是汇款？给郭立城？"

听到"果粒橙"的名字，王亚丽像过电一样，又开始打哆嗦了。但她一边哆嗦，一边却又有点儿纳闷：眼前这小寸头的口气，和上次遇到时似乎有点儿不一样。上次他也把话说得风轻云淡，但一听就知道是在使诈，是话里有话，而这次就变成了彻底的放松，真好像在街上碰见了个熟人又顺嘴拉起了家常。这么一纳闷，王亚丽便试探着反问一句：

"你们还找他呢？"

小寸头回答："那可不，否则也太便宜他了。"

王亚丽又说："等找着了也告诉我一声呗？我也不知道他哪儿去了。"

这话有点儿像装傻，还像故意撇清，但其实也是客观情况。小寸头却耸了耸肩，嘿嘿一笑："老妹儿呀，这我可就帮不上忙了——事儿不归我管了。"

王亚丽不由一愣，对方却滔滔不绝地说了下去：随着营业规模逐步扩大，他们那家中介公司也在谋求"转型升级"，其中有项措施，就是"把专业的事交给专业的人"；具体说来，像"果粒橙"那种败类，自有"债务经理"持续对其进行追踪——"你也见过，就是上次那俩货"，小寸头补充道——至于他本人，由于能力突出，已经另有重用，被委派成了麦子店地区的分店经理。这么说着，小寸头颇为得意地一扭脖子，对门外扬了扬下巴。王亚丽将目光跟了过去，果然在街角看见了一块簇新的招牌，上面的字样和"果粒橙"曾经交给她的那两个信口袋一模一样。而小寸头接下来的话，就带着点儿唏嘘的意味了：

"说起来，我还沾了郭立城的光呢。他号称自己开店，不就要开在麦子店吗？公司也做了调研，市场果然还没饱和，很适合开分店，就把我给派过来了。"

他又问王亚丽："你这么想找他，该不会是他也拿了你的钱吧？"

和你猜的正好相反，王亚丽心说。但她的表情却是呆滞而又愕然的。

小寸头便宽慰她："放心吧，指定能找着。现在都什么年头了，电子定位大数据啥的可劲儿往上招呼，四条腿儿的狗能丢，两条腿儿的人可丢不了。"

正说到这儿，叫号机又是叮咚一响，但叫的不是先来的王亚丽，而是后到的小寸头。人家是公司账号，大客户优先。他拍拍屁股奔向柜台，留下一个王亚丽继续愣在原地，若干个想法在她的脑子里纷至沓来又四散而去。

她先想，怎么就那么巧，北京大了去了，那家中介公司却偏偏把分店开在了麦子店，这可真叫不是冤家不聚头；又想说巧也不巧，对方的选择恰恰证明了英雄所见略同，证明了"果粒橙"的理想确有其可行性，只可惜这个理想被人家捷足先登，对于他们却变得无比渺茫了；还想不管巧与不巧，今天的偶遇都几乎称得上幸运——如果发现自己的不是相对和气的小寸头，而是所谓"债务经理"，是仍然锲而不舍地追查"果粒橙"的大光头和金链子，那又会是什么后果呢？天知道那些家伙会对她采取什么"专业手段"。

但再接着往下想，王亚丽那颗刚落回去的心又猛然提了起来。她是不是跟岳晓芬姐妹在一起待久了，也被传染得容易轻信于人了？那小寸头真有那么好心，真想高抬贵手放她一马？要知道，这家伙从刚一露面就是个笑面虎，阴着呢。即使他没当场动粗，难道不是因为忌惮着银行保安以及充满正义感的大爷大妈吗？即使他嘴里声称"不管了"，难道就不会在第一时间通知大光头和金链子吗？毕竟，只要中介公司还没放过"果粒橙"，那就绝不会轻易饶过王亚丽，否则前些天一大早儿追得她满街乱窜的又是谁呢？

越是这么想，小寸头那坐在柜台前的背影就越显得可疑。偏偏王亚丽还看到这家伙一边和银行营业员插科打诨，一边掏出手机点点戳戳。这不是在通风报信又是在干吗？而他办完业务往外走时，甚至还给了她一个油滑的笑脸，这就更让王亚丽坚定了自己的猜测。那么她该怎么办？是像落入虎口的黔之驴一样绝望地鸣叫，还是像迷途的羔羊一样找寻牧者？王亚丽只感到口干舌燥，身子僵硬，但她仍然强迫自己的脑子保持转动。

就在这时，叫号机又响了一声。轮到她了。

王亚丽费力地驱动双腿，走向柜台。营业员按部就班地举了举手，这是银行为了"强化服务规范"而订立的新规矩。不等对方开口，她就掏出自己的银行卡递了过去：

"定期改活期，两笔一共……十万六。"

当初存了定期，为的正是不瞎花钱，花了就辜负了"亲人"。现在可就顾不了那么多了。

而营业员自然体会不到王亚丽那莫大的决心，只问了句："利息不要了？"

"有急用。"王亚丽说着划开手机，又把岳晓芬姐妹发来的账号展示给对方，"再往这人卡里转六千。"

那数目刚好覆盖了住院押金、救护车车费以及此后追加的几笔医药费。今天早上，王亚丽专门去医院的收费处核对过了账目，并且还为其中几项明细和人家掰扯了半天。当然掰扯也是白搭，医院的工作人员向她解释，膝盖的积液处理和进口抗生素都是征得"家属"同意之后才开的，再说钱都交了，哪儿有事后再退的道理。而玻璃窗后的营业员仍是一副公事公办的面孔，只不过问了句："您确定认识对方？"

王亚丽便点头，又接过从窗户里递出来的"防诈骗注意事项"签了名。等对方啪啪盖完章，她才深吸一口气，又用余光扫了扫四周，先确定小寸头已经离开了银行营业厅，然后才悄声说："再转一笔，也进这个账户……把剩下的钱都打过去。"

这就让营业员有些狐疑："十万？"

王亚丽确认："十万。"

营业员问："刚才干吗不一块儿转？"

王亚丽说："刚才忘了。"

营业员重复起了那套说辞："您确定认识对方吗……"

王亚丽的答复如同宣誓一般笃定："太认识了。"

12

这天回去的路上，王亚丽就接到了岳晓芬姐妹好几条微信。刚开始是文字，后来又变成了语音，无一例外是关于钱的。看来岳晓芬姐妹的银行卡也绑定了即时通知业务。

这些微信王亚丽一概没回。此刻她正溜着墙根小步快捣，同时又在战战兢兢地担心自己被人跟踪了。要知道，既然那家中介公司的人已经常驻麦子店，那么她就相当于在人家的鼻子底下游走出没。好在响晴薄日之下，似乎没有想象中的危机向她逼来。当她来到那栋暗红色的矮楼下面，心里才算停止了扑腾，同时又冒出了隐隐的恶作剧心态：岳晓芬姐妹该是被手机里的数目字儿吓了一跳吧？真对不起，让你受惊了。

等她上楼进屋，岳晓芬姐妹果然劈头就问："怎么回事？"

王亚丽装傻充愣："什么怎么回事？"

岳晓芬姐妹说："钱呀，干吗给我那么多？"

王亚丽却含笑走进大卧室，一边将床上的被褥卷了起来，一边又在半真半假地威胁对方："你得帮我收拾收拾屋子，我才告诉你。"

但在此时，这招儿却失效了。看来岳晓芬姐妹是真急了，她几步追过来，横到王亚丽跟前，夺过被褥就往床上一摔。噗的一声，阳光里升腾起了无数浮尘，像被狂风卷起的雪。看到对方那紧皱的眉头和绷直的嘴角，王亚丽又感到了好笑，她觉得岳晓芬姐妹就像一个稚气未脱的孩子。但在对方的逼视之下，她也只好停止卖关子，不紧不慢地解释了起来：钱分两笔，第一笔六千，算是还债，至于该还多少，想来岳晓芬姐妹心里也有数；按说还应该添上这些天的房租和伙食费，但又想着那样就生分了，不像"亲人"了，权且也就宜粗不宜细；至于第二笔十万，其实是她先斩后奏，想请岳晓芬姐妹帮个忙；而这又要从她那个男朋友讲起，话说那孬孙名叫"果粒橙"……

也没什么好隐瞒的，关于那笔钱的来龙去脉，王亚丽尽可能详细地对岳晓芬姐妹复述了下去。不说不要紧，一说就发现线头还挺复杂，她颠三倒四地捋了好几遍，才把逻辑梳理清楚。这其中包括"果粒橙"是如何计划单干，如何一边攒钱一边预支了提成，如何把钱存在王亚丽这儿又跟公司闹掰了，如何被"道儿上"的人满城追捕从此再不敢露面；也包括王亚丽是如何替他保管着这笔钱坚决不花，如何被"果粒橙"建议把钱转移个户头但幸亏没给她妈，如何被屡次三番的跟踪吓破了胆……最后就说到了在今天早上、在银行里、在小寸头的刺激下做出的那个决定。既是灵机一动，也是走投无路，她就想：为什么不干脆把钱放在岳晓芬姐妹那儿呢？假如中介公司抓住"果粒橙"是迟早的事儿，发现钱在她王亚丽手里也是迟早的事儿，那么要想捍卫这点儿积蓄，就必须得另找一人替她代为保管那笔钱。而眼下看来，岳晓芬姐妹不仅是唯一人选，同时也是最佳人选了。

"帮人帮到底，钱你先收着，等到风头过去再给我，行不行？"说到这儿，王亚丽又拿出了和当初栽进门里时如出一辙的哀求口气。

听完王亚丽的话，岳晓芬姐妹沉默半晌，然后问道："这钱真是你男朋友的？"

"你放心，他也没能耐去偷去抢，为了攒点儿钱，宁可饿着自己。"王亚丽迅速做出了保证，又补充道，"再说他们公司压根儿不知道有你这么个人，肯定不会找到你头上……我也会赶紧联系'果粒橙'，让他去跟公司认个错儿……毕竟那钱是他该拿的，无非是拿早了点儿，人家非跟他较这个劲，纯粹是因为他不会做人……"

她嘴上嘟囔着，就见岳晓芬姐妹重新拽过那团被褥拍了拍，眼神似在发怔。看这模样，就是有眉目了？王亚丽不禁又回顾了一下她和岳晓芬姐妹的交往历程：从头到尾，自己简直是"吃定"了人家，不仅毫无反省，而且变本加厉。同时她也意识到，在她对岳晓芬姐妹提出的那些不情之请中，这一次或许是最让对方感到为难的。那么对方是否终于感到了后悔，后悔当初塞给了她一本小册子？这样想着，王亚丽还对自己的所作所为做出了史无前例的检讨：她早就看出岳晓芬姐妹是属于另一个世界的人，沉溺在那些虚无缥缈的、不在眼前的事儿里，可她却总是粗暴地把人家拽回了这个连她本人也说不上喜欢的人间……

这么说来，她和楼下那个热衷于制造噪声的恶房东又有什么分别？

果不其然，王亚丽发现岳晓芬姐妹的目光正在躲避着她。当她弯腰继续收拾床铺时，岳晓芬姐妹便转身去了厨房；等她又拎着暖壶以及插着康乃馨的矿泉水瓶也往卧室门外走去，岳晓芬姐妹恰好拎着扫把折了回来。这时两人的眼神交会了一个瞬间。

王亚丽抓住机会，重新开口："对了，房间腾出来以后，我就不住这儿了。不是跟你客气，是怕我进进出出的再让人盯上，连累了你。"

岳晓芬姐妹问："那你去哪儿？"

王亚丽说："我宿舍的那张床不还空着嘛。"

岳晓芬姐妹又问："他们要是再找你怎么办？"

王亚丽说："钱在你这儿，我还怕他们找？"

说完慨然一笑，复又抬眼盯了盯岳晓芬姐妹。岳晓芬姐妹便也嗯了一声，没再说话。而此后的这个下午便有了离别的味道。当她们有条不紊地将那间大卧室恢复成王亚丽住进来之前的模样，又简单扒拉了两口饭，就迎来了陆续到来的"团契"伙伴。

先进门的又是油光水滑的大胖子和头顶着一朵盛大白菊花的李琴姐妹。李琴姐妹瞧了瞧王亚丽的气色，颇为欣慰地说："好多了。"

王亚丽说："谢谢您，谢谢岳晓芬姐妹。"

岳晓芬姐妹不语，李琴姐妹又说："还得感谢主的庇护。"

王亚丽就往半掩的门上斜了一眼，那个干瘦的外国男人仍旧安静地贴在那里，目光慈祥而又洞悉一切。顺着李琴姐妹的意思，对那男人也道一声谢，这也是岳晓芬姐妹希望她做出的反应吧。然而王亚丽偏就说不出口。她至今仍然不觉得自己和一张画儿里的人像有着什么关系。在受人恩惠这件事上，她的原则从来是账目分明。

等人到齐，大胖子翻开厚书，"团契"再度开始。仍是肃穆的氛围，仍是棉花泡了温水一般柔软的嗓音，在这间斗室里，人与事一如既往。唯一不同的是王亚丽——她没再打瞌睡，更没叉着腿挠痒痒，而是笔直地端坐着，两眼灼灼发亮。书上那些拗口的人名和晦涩的言语声声入耳，但却依然进不了脑子，她正在做的，是把目光投向岳晓芬姐妹。

这是一段长久、执着、近乎深情的凝望。这天岳晓芬姐妹故意挑了个与王亚丽相隔很远的角落坐下，但恰因如此，便将一副完整的轮廓呈现给了她。越过满屋子层层叠叠的头颅，王亚丽眼中的岳晓芬姐妹有如一尊白金女体塑像，纤细而又坚硬，闪亮而又光洁；她还看到岳晓芬姐妹的头发被阳光照得金黄，似在脑后拢了个光圈。而岳晓芬姐妹虽然低头沉默，却也分明感受到了王亚丽那锥子般的目光——她的睫毛微微颤动，她的呼吸渐渐急促，她的脸上并未泛红反而越发苍白，皮肤薄得像一层纸。

毫无疑问，在这对看与被看的关系中，王亚丽正在扮演着一个侵犯者的角色。但似乎只有如此，她才能向岳晓芬姐妹展示足够的真挚与忠诚。

岳晓芬姐妹抬头看了王亚丽一眼，但又像被烫着了似的，倏然将目光挪走。

结束这段凝望的，则是一记出其不意的猛击——啪的一声，惊堂木的力道从脚下顶了上来。紧跟其后的，自然又是单田芳那无比恢宏无比壮阔的嗓音，它笼罩四周，将楼板震得嗡嗡直颤。王亚丽打了个激灵，但却立刻稳住阵脚，总算没像当初一样蹦起来立正。她仿佛看到了一楼正在发生的景象：在和二楼同样狭窄、比二楼更加昏暗的房间里，一个矮胖、肥腻、满脸横肉的老大爷竖起耳朵，捕捉着头顶的动静，甚至还在掐着表计算时间；当他认为时候到了，便以同归于尽的气势将音响的旋钮调到最大，随着爆裂炸响的噪声洞穿了墙壁也洞穿了他的心脏，他那张油光闪闪的脸上终于绽开了舒坦的笑容……

　　不出所料，该来的果然来了。而王亚丽等的就是这个。

　　当满屋子的人们纷纷一耸，像提线木偶一般"提溜"直了腰杆，她也凛然站了起来，大踏步走出卧室。临出门，她还向着油光水滑的大胖子、头顶着一朵盛大白菊花的李琴姐妹以及歪在床上的小伙子扫了一眼，尤其又格外用力地盯了盯岳晓芬姐妹。风萧萧兮易水寒，

195

她像个即将出征的壮士，正在进行悲壮的誓师。然而那些人们却只是众目睽睽地呆望着她，似乎仍在噪声之中惊魂未定，因此并没有意识到王亚丽打算做些什么。哼，他们还真像一群羔羊。既是羔羊，那就需要有人代表他们挺身而出。她近乎快意地冷笑了一声。

王亚丽噔噔噔地跑下楼梯，砰砰砰地擂响了一楼那道木门。

得为人家做点儿什么，她的脑袋里回荡着这个念头。

门许久没开，但这并不奇怪：火烧连营七十里，先帝驾崩白帝城，想必一楼住户的耳朵里充斥着壮志未酬的哀叹，对于自家门口的叫阵也就顾及不上了。王亚丽把心一横，索性在抡着拳头砸门了。一边砸，她还尖厉地喊叫了起来：

"出来！没死就出来！"

过了足有两分钟，门才开了。一闪而出的当然还是那张留着花白板寸、长着酒糟鼻子的老脸，只不过脸上居然堆了一团笑——或者说，那张脸本来是僵着的，硬着的，冷着的，可一看见王亚丽就化开了，就像板结的冻土迎来了春风。

"干吗呀，这姑娘？"一楼住户瓮声瓮气地问她。

王亚丽不由得愣了，与一楼住户一里一外地对视着。她有点儿恍不过神来：上次见面，这人不还是粗声恶气的吗，不还是满脸嫌弃的吗，不还是把她看得不如两摞旧报纸吗，怎么突然就变得和风细雨了？都说有的人脸变得比狗脸还快，难不成她就碰上了一个？而门里的那副嘴脸不仅令王亚丽一时诧异，也给她的讨伐行动带来了意想不到的障碍：她感到胸中的怒火陡然降温，还感到眼里的寒光无的放矢。她好像一只皮球正在漏气。

为了维持气势，王亚丽硬梗着嗓子说："你说我干吗？"

一楼住户说："你不说我怎么知道你干吗？"

王亚丽这才刹住车轱辘话："你吵着我们了，扰民了，懂吗？"

一楼住户说："你也是上面那屋的？"

王亚丽说："我朋友租的房。"

一楼住户说："哟，我看你不像呀。"

王亚丽说："不像什么？"

一楼住户说："不像他们那条道儿上的……你还挺

正常的。"

　　这也能看出来？王亚丽不由得又是一愣。而这么说时，一楼住户还突然压低了嗓门，神秘地挤了挤眼，那副神情，简直就像正在和她分享一个不可告人的秘密——但这无疑是多此一举，两人被环绕在单田芳制造的声浪中，谁又能听见他们说了些什么呀？对方那夸张的、煞有介事的模样不仅让王亚丽感到荒唐，甚而让她感到滑稽。她也咽了口唾沫，对着一楼住户眨了眨眼。但紧接着，她却发现一楼住户一边大大咧咧地盯着自己，一边又从眼底荡漾出了一圈儿一圈儿的笑意，笑得温暖而又呆滞，慈祥而又迷幻。这样的笑和这样的目光，又是她从来没有遇到过的。怎么说呢？这就让王亚丽觉得他才有点儿"不正常"了。

　　于是她下意识地认为，有必要速战速决，尽快结束这次对话。而考量到她与一楼住户之间的关系，现在既失去了针锋相对的情绪，但也没建立起"有话好好说"的共识，因此她只好拿出一副陈述性的口吻，重申了自己的核心诉求：

　　"甭管怎么说，你小点儿声行吗？"

一楼住户就咧了咧嘴："不是我，是他——不过他听我的。"

说着竖起大拇哥，往脑后那片幽暗混沌的空间里一戳，就好像那里果真站着一个眉飞色舞、全情投入的单田芳。然后他把手插进大裤衩的屁兜抓挠片刻，转瞬从里面掏出一个黑色的塑料盒子，原来是个袖珍遥控器。他在遥控器上按了两下，身后那个单田芳的声音就飞快地衰弱了下去，从气冲霄汉变成了窃窃私语，直至彻底消失。

整个儿楼道都安静了。不仅安静，而且空洞，不仅空洞，而且尴尬。王亚丽就那么安静、空洞而又尴尬地面对着一楼住户，更加不知如何是好了。

"多大点儿事儿呀，下回我戴上个耳机子也行。"一楼住户的神色却越来越热络了，"不过也就是你，要换别人来，我才懒得搭理丫的呢。"

"那……我回去了？"

一楼住户略一弯腰，手掌往外一滑："慢走啊。"

而当王亚丽顺着对方做出的那个"请"的手势，呆头呆脑地转身、迈步、往楼梯上走去时，她仍然还没醒过味儿来。具体地说，是事态的发展令她措手不及：就这么结束了？她可以宣告胜利了？可这胜利也来得太简单、太顺利、太轻易了吧。再用《三国演义》打个比方，假如司马懿面对"坐在城头观山景"的诸葛亮没有仓皇逃窜，而是一咬牙一闭眼，舍生忘死地杀进了那座空城，那么他的心情恐怕也会和此刻的王亚丽如出一辙。

　　再想想刚才下楼的时候，王亚丽本来都已经做好了大动干戈的准备呢。她甚至还在脑子里进行了一番见招拆招的战术推演：假如对方爆粗口，她该怎么怼回去？假如对方打出王八拳，她该怎么使出坐地炮？假如对方一味混不讲理、胡搅蛮缠，说什么"在自己家里想怎么着就怎么着"，她还有什么以恶制恶的撒手锏——比方说，她是不是可以掉头跑上二楼那间岳晓芬姐妹既然花了钱也就相当于她们"自己家"的阳台，把堆积在那里的零件、工具乃至自行车骨架来个天女散花，统统从窗户里"顺"出去？对，逼急了就这么干。王亚丽甚至还在隐隐地期待着那壮观的一幕了：反正那些东西都是一楼住户硬塞给岳晓芬姐妹的，这就叫自作自受；又反正岳晓芬姐妹已经决定找房子搬家了，临走之前跟原来的房东撕破脸，也不会造成什么实质性的损失。如果这脸岳晓芬姐妹不好意思撕，那就由王亚丽来替她撕，争不来耳根子的清净好歹也得出口气，总不能白白地受了那么些日子的噪声折磨吧。

这其实也是王亚丽本来打算的"为人家做点儿什么"的内容。

现在可倒好，战斗还没打响，敌人已经投降，计划成功了也落空了。

究其原因，是因为对方外强中干，还是因为自己声势夺人？不不不，都不可能。就算王亚丽还在晕头转向，她也无法接受如此乐观的判断。她见识过对方的蛮横，也掂量得出自己的斤两。拥有两套房子的恶房东凭什么对她俯首帖耳？就算是一物降一物，她又有什么地方降住了人家？而一边往楼上走着，一边思考着这些问题，王亚丽突然就感到了如芒在背——不仅如芒在背，而且如芒在腿、在脖子、在屁股——不需要回头，她像有特异功能似的察觉到，一道目光戳向了自己的背面，扫荡、抚摸、舔舐着她。

王亚丽像被施了定身法，蓦然在楼梯的中间位置站住，同时保持着极其不平衡的体态：脚，一只在上一只在下；屁股，半边紧绷半边放松。她还缓缓地扭动脖子，一寸一寸地移动目光，往斜下方的身后窥探了过去。哦，往日再现，真相大白。她果然又看到了一楼住户那张兴奋、喜悦而又痴迷的脸。他的两眼精光四射，他的鼻子通红发亮。这让王亚丽瞬间领悟到了一个事实：一楼住户自从上次看见过王亚丽的背影之后，就改换了对王亚丽的态度。

　　王亚丽的第一反应又是厌恶和恶心，她嗓子眼儿发紧，似乎想要干呕两声。但王亚丽自己都没料到，她居然还能龇牙咧嘴地抛给对方一个笑脸。真他妈的既傻又贱，她暗暗评价自己。而如同受到这个笑脸的鼓励，对方也抛给了她一句话：

　　"姑娘，跟你商量个事儿？"

　　王亚丽居然接上了话茬儿："什么事儿？"

　　一楼住户说："哪天……到我们家来一趟吧。"

　　王亚丽说："你什么意思？"

　　一楼住户说："现在不好说，来了你就明白了。"

王亚丽说：“你到底什么意思？”

一楼住户说：“不白来，给你钱。”

王亚丽说：“呸。”

伴随着这个拟声词，王亚丽往地上狠狠地啐了口唾沫，一溜烟地逃上了楼。上楼梯拐弯儿时，她的胯骨撞在了铁栏杆上，差点儿又摔了一跤。而这次没等一楼传来关门的声音，她就用尽全力摔上了二楼的房门，然后把背顶在门板上喘起了粗气。王亚丽可真被结结实实地吓着了，刚才那番惊吓简直比来自"道儿上"的跟踪和挟持更加令她魂飞魄散。不知不觉，她冒了一脖子冷汗，又像刚洗完澡的小狗一样甩出两个寒战。

而当她重新把腰杆儿直起来，当她的瞳孔重新聚焦，便见眼前的过道里站满了人。

那是"团契"的伙伴们。不仅坐着轮椅的李琴姐妹被大胖子推了出来，就连断了腰的小伙子也从床上下来，单手扶墙走出了那间大卧室。在以前，震耳欲聋的单田芳都没使他们受到干扰，可现在四下一片寂静，他们却破天荒地停止讲经，簇拥在了王亚丽身旁。他们默默地看着王亚丽，眼神也与平日里看她的目光大不相同:不是漠然也不是沉静,而是满怀着一腔难以言明的温情与敬意,就像他们看着岳晓芬姐妹时那样。

通过楼下那戛然而止的评书,他们已经猜到王亚丽刚才做了什么吧。也许事先没人猜到王亚丽竟能把这事儿干成,而这才是让他们不得不对她另眼相看的原因。当然,恐怕也没人会猜到挺身而出的王亚丽在楼下究竟经历了什么。

站得最近的正是岳晓芬姐妹,但也只有她没看向王亚丽。她垂着眼帘,让目光凝滞在脚下的方寸之地,而王亚丽则继续将源源不断的凝视投向对方。岳晓芬姐妹越来越像一尊雕像了,她仿佛失去了身而为人的温度,只有轻轻翕动的鼻翼证明她还活着。今天的岳晓芬姐妹是怎么了?她对王亚丽的所作所为又怎么看?难道她依然准备像以前一样,说出一番王亚丽听不明白,但却总会在心间回响不休的道理来吗?

王亚丽暗怀着几分忐忑,揣测着,对自己的行为做出了画蛇添足的解释:"我就下去跟那人说了说……让他小点儿声。"

岳晓芬姐妹仍未抬眼,她的身后却响起了稀稀落落的掌声。那是李琴姐妹和大胖子他们正在为她庆功呢。

李琴姐妹还问："你是怎么说的？"

"那人横着呢，"大胖子也道，"以前我们也去过，可压根儿不顶用。"

"讲理呗。"王亚丽装作漫不经心地说，"有理走遍天下……"

而这时，岳晓芬姐妹忽然说："王亚丽姐妹，谢谢你。"

说着将手一伸，握住王亚丽的腕子摇了摇。岳晓芬姐妹的手柔软而冰凉，就像在冷水里浸泡了许久，但却令王亚丽心头一热。这热度并非来自岳晓芬姐妹，而是来自她自己。

于是王亚丽说："既然是姐妹，那就别见外。"

后来想想，这也是王亚丽第一次打心眼儿里认可了对方叫她"姐妹"。

13

　　当天的"团契"结束后，王亚丽径直搬回了出租房的铁架子床下铺。伤病基本痊愈，"果粒橙"的钱也放置妥当，她确实没有了再在人家那儿赖下去的理由。况且正如王亚丽自己所说，既然中介公司的人还可能找上门来，那么她就得避免连累岳晓芬姐妹。

　　走时一切如常。其他人纷纷对岳晓芬姐妹道声"再见"，鱼贯而出。轮到王亚丽，她也只说了句"再见"，随后从岳晓芬姐妹手里接过了一只装满食物的塑料袋。就连这个交接仪式也和原先如出一辙，而这天吃的恰好又是面包夹肉，李琴姐妹带的。这时岳晓芬姐妹眼里流光一闪，仿佛想要说点儿什么似的，倒是王亚丽大大咧咧一笑，转身出了门。

　　反正都要走，那就没必要走得那么磨叨，又反正已经是"姐妹",那就山高水长。这是那一刻王亚丽的想法。当她来到楼道里,正要走下楼梯时,这才扭头回看了一眼。门半掩着,露出岳晓芬姐妹的一张脸,苍白而消瘦,在阴影中面目模糊,只有两眼微微闪烁。楼道窗外的阳光打在门板上,反倒将那张画儿里的外国瘦男人的脸映照得纤毫毕现,不仅焕发出绚丽的色彩,而且似乎拥有了此刻的岳晓芬姐妹所不具备的立体感。两相对比,便让王亚丽产生了错觉:假作真来真亦假,难道画儿上的才是真人,门里的倒是幻象?

岳晓芬姐妹那张晦暗、单薄的脸,此后长久地印在了王亚丽心里。

顺便说一句,除了岳晓芬姐妹,还有一团人影也会时不常地跳出来,在王亚丽的眼前萦绕一番。那就是一楼的那位住户了。而在时过境迁的状态下想起那人,王亚丽的感觉却不是厌恶和作呕,也不是滑稽的喜剧效果,取而代之的反而是震惊:怎么会有这样的人,竟然能直截了当地提出"那种要求"而毫不避讳。她才跟对方见过两面而已,她连对方姓什么、多大岁数都不知道,她还在跟对方辩扯着噪声扰民的问题,但对方却张嘴就是一句"不白来，给你钱"。在一楼住户的眼里，她王亚丽就是一"鸡"吗？还是他跟别人也这样，逮着个年轻女孩就把人家当"鸡"？难道他还骚扰过岳晓芬姐妹吗？

不过还真别说，有一路北京大爷就是这么奔放。王亚丽想起了距离麦子店只有几站地的三里屯"太古里"，她在那地方见过一幕奇观：一群六十开外的男性摄影爱好者，身穿多兜马甲，手持长枪短炮，隐蔽在树下、柱子下或者干脆光明正大地蹲在商场门口，只要附近经过一个衣着暴露的长腿"大蜜"，他们就会齐声高呼"回头回头"，然后噼里啪啦一阵乱拍。如果只看那些老脸上亢奋而又迷乱的表情，你会以为他们朝着那些女孩高高挺起的不是镜头而是阳具。据说这还不算玩儿得野的，还有更夸张的呢，比如老哥儿几个凑钱雇一裸模上郊区"群拍"人体写真，遭到抓捕时还对警察理直气壮地声辩"你能限制我，但不能限制艺术"。而再想想开在小区角落、街巷深处的小发廊和洗头房，光顾那些地方的不也尽是弯腰驼背的老家伙吗？北京人还真讲究个老有所乐，当大妈们用劲舞占领了广场，大爷们却反其道而行之，在城市的各个角落孜孜不倦地追寻着隐秘的乐趣。恰恰因为年纪的缘故，他们在人生的最后阶段抛下了人生中的最后一点儿体面，重返青春，放飞自我。

这么想来，那道从背后投向王亚丽的目光也就来得恰如其分了。只有那种黄土埋到多半截儿的老流氓，才会把看人屁股这种事儿干得如此猥琐而又如此坦荡，同时也才会对他们所"看"的对象毫不挑肥拣瘦。但随后，王亚丽却又突然意识到：活了二十多年，这还是她第一次从男人那儿收获到足斤足两的兴致勃勃的目光呢——上学的时候，别说是指出她"长得像头驴"的男同学了，就连趁着按腿狠抓过她屁股和下体的男老师，每每也是一副浮皮潦草的态度，并且抓完之后反而按得更狠了；再想想她的亲人"果粒橙"，那家伙哪怕是在跟她最热乎的那个阶段，完事儿之后每每也会露出一副聊胜于无的懊恼神情。

这又是一个多么荒唐的事实啊，不仅荒唐，而且可悲。王亚丽一边恨恨地感慨，一边又在暗暗痛斥自己的"傻"和"贱"。但同时，她却站在了出租房的门厅里，背对着一面裂了缝的穿衣镜，费力地扭头观摩自己。她试图再现一楼住户的视角，忽略了自己的脸，单纯地评价着自己的背面：肩膀不薄不厚，腰际不长不短，虽然没有健身房宣传手册里那种夸张的"蜜桃臀"，但屁股和腿的比例相当合适，不像有些女顾客，跳操的时候都得准备一双内增高跑步鞋；当然最关键的还是瘦，整个儿身材硬朗而又紧绷，这就是长年高强度运动带来的结果了。总而言之，还行嘛，该有的都有。于是王亚丽做出了一个近乎欣慰的判断：自己的背面要比正面具有吸引力。因此不光带人跳操这个工作很适合她，就连那个北京郊县文身女污蔑她的那句"勾搭上男人也得让人从后面来"，也可以称得上是相当中肯的意见了。

由此还可以判断，一楼住户并没有瞎了他的狗眼，虽然王亚丽很希望他瞎了狗眼。

这样想完，王亚丽立马又呸了一声，比那时在楼道里呸得更加响亮。她提醒自己：她气势汹汹地跑下一楼，硬着头皮跟那老流氓打交道是为了什么？说到底不就是想为岳晓芬姐妹"做点儿什么"吗？事情既然跟岳晓芬姐妹、跟"团契"有关，难道不就应该是纯洁的、严肃的吗？她可不能把它引申到下作的思路上去。

而在随后的几天里，王亚丽仍和岳晓芬姐妹保持着联系，但都发生在晚上。

白天想联系也没时间。流年不利，短短两个月已经请了两次病假，再不回去表现表现，这个饭碗眼瞅着就要保不住了。于是王亚丽主动申请，排了一个星期的晚班。右膝盖当然还在疼，好在已经抽过积液又打了绷带，一时半会儿倒出不了大毛病。而等每天的最后一堂跳操课结束之后，当她几近虚脱地走过地铁站，迈上写字楼的底商台阶，站在面包店门口时，才会把手机掏出来，先给"果粒橙"拨个电话，再给岳晓芬姐妹发个微信。

和男朋友与和"姐妹"的联系方式不同，这也体现了两种关系带给王亚丽的不同感受。男人嘛，按照健身房里有些女顾客的话说，他们属于另一个物种，因此得亲闻其声、亲见其面乃至亲做其爱才能确定对方的存在；但"姐妹"之间就不同了，一旦建立默契，根本不需要那么赤裸直接、劳心费力。果不其然，在拨完电话发完微信之后，从两种关系里得到的反馈也是大相径庭——"果粒橙"那边仍旧关机，将失联的纪录又延续了一天；而岳晓芬姐妹如果收到王亚丽"在做什么呢"或者"今天怎么样"之类的问候，则会立刻回过来一句"没什么"或者"挺好的"，然后再加上一句："王亚丽姐妹，你好吗？"

也就这么几个字儿，再无其他言语，但却让王亚丽相当知足。她甚而体验到了某种精神领域的极大富裕：别看来北京混得买面包依然要等待半价，也别看她在老家已经算是没有了妈也没有了家，更别看她的男朋友至今踪迹全无，但在麦子店，在此时此刻，她拥有了一个"姐妹"。并且这个"姐妹"的身后还有着一屋子的"兄弟"和"姐妹"，一屋子的"兄弟"和"姐妹"背后又有着数不胜数的"兄弟姐妹"……啊，四海之内皆"兄弟"，普天之下皆"姐妹"。经由这条隐秘的通道，她似乎和所有人建立了联系，似乎和广阔的世界浑漤一气，已经不复是当初那个漂流在火车站里的孤岛了。

这么想时，王亚丽心里充满了壮阔而博大的感动。

但如此一来，另一个问题也就冒了出来，并且变得越来越无法回避了：她该怎么看待那个印在画儿上的外国瘦男人？回头再来梳理一下她和那男人的关系，人家赐予她的可不仅仅是一根免费的"法棍"了，此外还有在她饥肠辘辘时持续供应的饱饭、在她走投无路时毫无怨言的收留、在她卧病在床时没日没夜的照料——那当然都是岳晓芬所为，但岳晓芬姐妹却又曾经坚称，她不过是秉承了画儿上那男人的旨意：

"主让我对你好。"

换句话说，如果没有画儿上的外国瘦男人，岳晓芬姐妹会成为她王亚丽的"姐妹"吗？时至今日，她和岳晓芬姐妹对于"姐妹"这个称呼的理解也有着本质的区别，那就是：成为"姐妹"，究竟需不需要变成同一条路上的羔羊？究竟需不需要神明见证？

如果需要，她该如何是好？人家的神明也该成为她的神明吗？

王亚丽被迫思考起了那些复杂的、终极的问题，而这一向不是她所擅长的。虽然她那些纷繁缭绕、旁逸斜出的念头时常就像脑袋里嗡嗡乱响的蚊子叫，可一旦涉及这个领域，蚊子却像一刹那间被凝进了琥珀，变成了悬置几百万年的永恒的谜题。这些问题也比算账、比琢磨人和人之间谁亏欠了谁更让王亚丽疲惫，直想得她的太阳穴一跳一跳地疼了起来。

而思考的结果无疑让她感到惭愧。她发现，那不是"该不该"和"愿意不愿意"的问题，而是"能不能"的问题。事实上，王亚丽并不具备像岳晓芬姐妹那样去"相信"什么的能力。她只觉得钱是真的、饭是真的、腿上的伤是真的、窗外那个喧嚣的麦子店是真的，就连河南老家那套还没盖好并且已经没了她的份儿的房子也是真的，但那本薄薄的小册子里斩钉截铁地向她宣讲的东西，却仍然远在天边，虚无缥缈。

得出这个结论，又是在一个晨雾稀薄的黎明，当时王亚丽正坐在出租房的卫生间里。室友还在酣睡，女孩们的磨牙声和梦话声吵得她再也不能入眠，于是她只好跑出来象征性地坐马桶。但这一次，她并没有用手机里的"连连看"消磨时间，而是径直在膝盖上摊开了岳晓芬姐妹赠予她的那本小册子。由于长期存放在卫生间受到潮气侵蚀，小册子不仅颜色泛黄，就连纸张都严重地膨胀打卷儿了，于是封面画儿里的瘦男人好像肿了一圈儿。王亚丽满怀歉意地凝视着他，心里念叨：实在不好意思，我其实也是很想为您做点儿什么的。

她果然将这个想法付诸了行动。把小册子又插回那摞《知音》、《女友》和《故事会》杂志当中，王亚丽草草抹了一把脸，就拎着个尼龙口袋出了门。

她想起这天又是周日，到了"团契"聚会的日子口儿。而她又想起，就在麦子店的公共汽车站附近，离前些天去过的那家银行不远，有个每逢周末便伴着晨光出现也伴着晨雾消散的早市，那里卖什么的都有，肉和蔬菜都比菜市场的便宜。刚搬过来时，王亚丽曾经去过几趟，后来睡得越来越晚周末全在补觉，就断了这个住在半旧的"城里"才有的乐趣。现在，她又走在了一个沾满了露水的塑料大棚底下，在杂乱无章但却琳琅满目的摊位之间穿梭、翻拣，操着一嘴河南话和她那些昼伏夜出的老乡们讨价还价。

穿过大棚边缘高高卷起的塑料帘子，她又看见了那家中介公司新开在麦子店的分店招牌，不过王亚丽却不再感到惊惶——反正躲不掉的就没必要躲，又反正

215

钱一转移她也踏实了。她考虑的是一些眼巴前儿的具体事项：也该轮到她在"团契"里请回客了，只要有来有往，那以往白吃的就不算占人便宜；请也请不起什么好的，那就还吃面，毕竟她的手艺大家也都认可；出租屋里条件有限，没法儿和面现擀，只能买些机器面凑合，不过打卤的原料得保证新鲜……王亚丽一边这么盘算着，一边半仰着脸迎着朝阳，窄而短小的脑门儿被照得发亮。在稀稀落落、神色木然的本地居民眼中，她就像个对待遇相当满意的小保姆。

从早市回来又踏踏实实睡了个回笼觉，王亚丽也没吃午饭，直接去了岳晓芬姐妹那儿，去时手上拎着沉甸甸的一口袋切面、西红柿和鸡蛋。走进那栋暗红色矮楼的门洞，她还特地在一楼右手边的门前站了一会儿，确定门里果然没传出什么动静，这才往楼上迈去。别看那是个老流氓，但说话倒也算数。王亚丽甚至对一楼住户的表现颇为满意。

而她也是直到这天，才发现岳晓芬姐妹消失了。

走上通往二楼的第二段台阶时，王亚丽就发现有什么地方不对劲。除了单田芳的铺陈夸张，这楼道里好像还少了一样东西。但到底少了什么，她竟一时没反应过来，直到站在二楼右手边的门前，这才发现原先贴在门上的那张外国瘦男人的画像不见了。斑驳的门板变得空洞而略显凄凉，只留下几道残存的不干胶印记。难不成是被谁家手欠的孩子扯了下去？要不就是街道又准备迎接什么庆典活动，所以要求各家各户门前一律整齐划一？王亚丽回头往对门看了一眼，却见别人家门上，斗大的"福"依然醒目地倒挂着。

小小地惶惑了一下，她伸出手去，敲响了岳晓芬姐妹的房门。门没开，里面也没动静。停了片刻再敲，依然无人应答。那就是出门去了？可按说不会啊。对于岳晓芬姐妹来说，此时此刻还有什么事情比待在家里等待"团契"伙伴们的到来更重要的？这么想着，王亚丽便又拿出手机来，也没发微信，直接给岳晓芬姐妹打了个电话。

《蓝色多瑙河》的旋律从头到尾响了两遍，随后就变成了一个电子娘们儿的声音，多此一举地宣告电话"无人接听"。这腔调王亚丽已经听得熟了，和给"果粒橙"打电话是一个情形，只不过"果粒橙"的彩铃音乐是"就这个feel，倍儿爽"。而到这时，她就不由得担心了起来，担心岳晓芬姐妹会不会出了什么意外——比如说病了，比如说屋里漏煤气了，比如说……呸呸呸。王亚丽不禁露出紧张的神色，脑门儿也微微冒汗，她还沿着这条陈旧而又逼仄的楼道逡巡了两圈儿，进而一屁股坐在楼梯上。

一楼和二楼之间的那道窗户不知何时开了，风裹挟着尘土味儿和汽油味儿席卷进来，呛得王亚丽打了两个喷嚏。她还看见一个捏扁了的矿泉水瓶像长了腿似的跌跌撞撞，顺着楼梯拾级而下。呼应着那噼里啪啦的翻滚声，楼下也有了人的响动。

是参加"团契"的其他人。今天的阵容倒是齐整，油光水滑的大胖子、头上顶着一朵盛大的白色菊花的李琴姐妹和断了腰的小伙子一同出现，此外还有其他几位老人。看来是来时的路上遇见了。这些老弱病残们相互帮扶缓慢上楼的模样，简直让人联想起一支奇形怪状的马戏团。而当他们看到呆坐在楼梯上的王亚丽，立刻露出了亲热的、佩服的表情。轮椅上的李琴姐妹还伸出手来指指楼下，紧接着又对王亚丽竖了个大拇哥。这是在赞扬王亚丽此前的那番壮举。他们一定认为，今天将会迎来一场安详的、宁静的聚会。而直到王亚丽起身，帮着大胖子把李琴姐妹抬上二楼，人们才对她独自坐在门口表示不解。

有人说："怎么不进去？"

王亚丽说岳晓芬姐妹不在家。

有人说："她不会是没听见你敲门吧？"

王亚丽说敲了半天了确实不在家。

又有人说："那给她打个电话呀。"

王亚丽说电话打了也没人接。

还有人说："别是出什么事儿了吧……呸呸呸。"

众人的思路和刚才的王亚丽如出一辙，而把那些猜测用语言的形式加以再现，一个人的惶惑就变成了一群人的惶惑。都是那么大年岁的人了，对于眼前的状况，他们却显得比王亚丽更加沉不住气、更加束手无策，除了进行鸡一嘴鸭一嘴的无效讨论，就剩下了搓着手在楼梯上跺脚、转圈儿，嘟囔着"这可怎么办呀"。给王亚丽的感觉，这些人不仅缺乏生活上的自理能力，甚而缺乏心理上的自理能力，所以才会遇到点儿事就像孩子一样六神无主。而他们就那么长时间地呆滞着、迷惘着，在楼道里水泄不通地盘踞着。这场面假如发生在什么政府机关的门口，给人的感觉一定是又发生什么冤案了。

就这些人，指望不上他们拿主意，而再这么耗下去也不是个事儿。王亚丽心里嘀咕着，看着窗外远方大团的云朵在日光中飞速地漂流。确实起风了，风势还不小。与此同时，她的那点儿惶惑也像风中的流云一般变形、重组，最终演化成了如临深渊、岌岌可危的焦虑。

也正是这时，楼下传来了唱戏一般的吆喝，一波三折，有板有眼："吗呢，你们？"

聒噪不休、挤满了楼道的人们竟立刻沉默，仿佛在为一个状况而惭愧：原来抱怨人家吵着了自己，现在却因为自己吵着人家而被提出抗议了。伴随着众人的面面相觑，便听见楼下的那道木门咣当一声，接着又有塑料拖鞋啪嗒啪嗒踢打台阶的声音，一个人影慢慢悠悠、起伏不定地踱了上来。原先是只闻其声不见其人，除了王亚丽，在场的人们也许都还没见过一楼住户；而这很可能也是一楼住户首次主动造访了楼上的客人——"团契"的伙伴们。假如给这番登场配上一段单田芳的评书，"万马军中取上将首级如探囊取物"什么的，也许更能衬托那位在麦子店坐拥两套房子的北京大爷的声势——他不怒自威，只在上楼梯时横了横眼睛，周边的人们便像泥鳅一样往墙上贴去，转瞬之间腾出了一条人缝儿。

坐在台阶上的王亚丽不得不仰起脖子，和一楼住户对了个眼神。王亚丽也立刻从一楼住户的眼神中察觉到了只有她才能体会得到的意味：惊喜、痴迷，甚而还有趣味盎然的鉴赏态度。王亚丽立刻又感到了恶心，紧接着却有一丝若有若无的自得，而那丝自得又使她暗自在心里呸呸呸了几声。但和眼巴前儿的迫切的焦虑相比，所有那些隐秘的情绪又都不值一提了，因此王亚丽不由自主地站了起来，鼓着两眼愣愣地盯着一楼住户。

一楼住户对她笑了，面容极其和蔼可亲："姑娘，我还以为你不来了呢。"

王亚丽说："她人呢？"

一楼住户说："你说谁？"

王亚丽说："租你房子的女孩。"

一楼住户说："你说姓岳那丫头？"

王亚丽说："对，她叫岳晓芬。"

一楼住户说："哦，她退租了，我上来收拾收拾。"

王亚丽说："退租？什么时候退的？"

一楼住户说："就前天，哦不，大前天——我也忘了。"

说着把手插进大裤衩的屁兜连抓带挠，这次掏出来的就不是一只遥控器了，而是一串拴在棉绳上叮当作响的钥匙。伴随着他穿过人墙，绕过王亚丽，咔啦一声拧开了门锁，楼梯上的人们便像浪潮一样往门口聚拢过去——然而又一转眼，这股人浪却被硬生生地切断了，阻隔了。一楼用户陡然转过身来，横着膀子把着门儿，冷冷地打量着人们：

"这是你们家吗？忒他妈不把自个儿当外人了吧？"

面对这夹枪带棒的揶揄，门外的人们连回嘴的胆量都没有，旋即开始了新一轮的面面相觑。李琴姐妹、油光水滑的大胖子和断了腰的小伙子互相茫然地对视片刻，最后又一致把目光投到王亚丽身上。这就是推举她去和对方进行交涉了。对于那个令人望而生畏的恶房东，王亚丽不仅有着交涉的经验，而且确实曾经取得过辉煌的战果，因此他们信任着她，仰仗着她。而王亚丽一边对战友们感到失望，一边只得再次挺身而出。

她迈前一步，质问道："我们的朋友住这儿，让我们进去看看怎么啦？"

一楼的住户反问："朋友？是朋友连搬走也不告诉你一声？"

这话竟噎得王亚丽哑口无言，她虽然尽力保持着坚强不屈的气势，但却不得不承认对方的话说得有理。而一楼住户捕捉到了王亚丽眼中那一闪而过的虚弱，竟像变脸一样又笑了起来，不仅那副蛮横的表情一扫而光，简直是意识到自己说错了话又不得不加倍地赔着小心的态度了："当然啦，看看也可以，不过别进去那么多人了，你当个代表吧。"

说完这话，还隔着门对王亚丽招了招手。这俨然是公开把王亚丽区别对待，又热切地期望她能领了自己的情了。王亚丽便又陷入了恶心、得意和更加恶心的情绪循环之中，同时拿眼扫了扫身边的"团契"伙伴们。众人则一如既往地瞩目于她，沉默无言地信任着她，仰仗着她。没有办法，当一楼住户转身往屋里走去，王亚丽只好独自跟了进去。

在此后的几分钟里，伴随着王亚丽那深一脚浅一脚的步伐和东一眼西一眼的目光，她的感觉也不是如临深渊了，而是变成了站在深渊的边沿上又无所用心地往前迈了一步。耳边没有风声，眼前也没有天旋地转，但她却确凿地、清晰地感到自己正在坠落，坠落，乃至于每一个细胞都在失重。那套五六十平方米的老式两居室里虽说不是空空荡荡，但几乎没了人迹：原来晾挂在卫生间里的毛巾浴巾洗发水香皂盒全都不见了，总插在客厅餐桌上的两枝雏菊或康乃馨也早就干枯凋谢，厨房里的锅碗瓢盆倒还留着几个，但却刷洗干净码放整齐又盖了张报纸，一看就是归还给房东的。岳晓芬姐妹搬走了，却没告诉她一声。岳晓芬姐妹不仅搬走了，而且也和"果粒橙"一样失联了。岳晓芬姐妹在搬走之前以及之后的那几天里，居然每天晚上还会若无其事地给她发个微信，问候一声："王亚丽姐妹，你好吗？"

情况就是这么个情况。更加严峻的情况则是：岳晓芬姐妹拿着她的钱。不不，不是她的钱而是"果粒橙"的钱。不管是谁的钱吧，总共十万。

对上述情况进行梳理乃至反省之时，王亚丽正站在岳晓芬姐妹的房间里。在她的记忆中，那间小卧室总是紧闭着门，她不仅从没进来过，而且就连扒着门缝往里看上一眼的举动都没有过。对于自己的"私密空间"，岳晓芬姐妹似乎颇为在意，而王亚丽也相当体谅地照顾着对方的这种在意。当然，越是体谅越是照顾，她也曾经越是感到过好奇：岳晓芬姐妹的房间是什么样的呢？是整洁的还是杂乱的，是温馨的还是素净的？抑或作为一个满心思扑在那些不在眼前的、虚无缥缈的事儿上的人，岳晓芬姐妹的房间里也会贴满了那个干瘦的外国男人的画像，就像有些女孩床头琳琅耀眼的"流量鲜肉"？

　　现在谜底揭晓：岳晓芬姐妹的房间四白落地，仅有一张床，除此之外空空如也。就连桌椅、被褥和窗帘也没有，充斥屋里的只有坦荡横行的日光。如果不是和岳晓芬姐妹在一个屋檐下居住过，王亚丽几乎不敢相信这样的房间里曾经存在着一个有名有姓会喘气儿的活人。但房间的空空如也恰恰提醒了王亚丽一个事实：对她来说，岳晓芬姐妹也就是个有名有姓会喘气儿的活人而已，除此之外，关于此人的一切背景一切信息全都含糊不清，就连太湖边上的老家、离了婚的爸妈、写字楼里和花店里的工作都未见得是真的。说到底，她们也就是蹭饭和被蹭饭的交情。基于这种交情，王亚丽却交给了岳晓芬姐妹十万块钱。

想到这里，王亚丽就开始了哆嗦。不仅哆嗦，她都快要站不住了，必须得单手扶墙才不至于一屁股坐到水泥地上。巨大而真切的恐怖钻透了她的脊髓，比她以往体验到的任何一次恐怖都要深邃，以至于一楼住户从对门大卧室的阳台里走出来，又扯着那条烟酒嗓叫了她好几声，她的耳膜才重新感受到了声波振动。

"这姑娘……你没事儿吧？"

一楼住户眯缝着一双肿泡眼，眨了又眨，表情之中居然充满关切。而王亚丽低了低头，却看见他肩上扛着那半辆自行车的骨架。原以为那玩意儿很轻，但从近处打量才发现并非如此：还没装上车座的钢管内沿闪着乌光，坠得那个矮胖敦实的老头儿的脖子都往一侧歪了过去，龇牙咧嘴的好像落枕了。

王亚丽半跳着往后退了一步，先和对方拉开距离，然后才问："那个岳晓芬……她为什么要搬走你知道吗？"

"她走她的，为什么走跟我说得着嘛。"一楼住户嘟囔着回答，接下来的那番补充倒颇为坦诚，"反正不是因为我，我倒盼着她早点儿走呢，最好刚住进来立刻就走。可她——还有你们——也挺能坚持的，一直耗了几个月。租金押金我没退她，可也没多挣俩钱。"

王亚丽又问："在走之前，她说没说要去哪儿？"

"那就更没有了。"一楼住户相当谦虚地说，"我算哪根儿葱呀。"

王亚丽便又多此一举："那她给你留过身份证吗？真名就叫岳晓芬？"

一楼住户总算点了点头："这倒不假，我这儿还有复印件……"

王亚丽却转向了下一个话题："大爷，我能请您帮个忙吗？"

人称代词的变化让一楼住户愣了一愣，随即眉开眼笑："好说好说。"

"您给她打个电话，用您的手机打。"

一楼住户便瞥了王亚丽一眼，目光中闪烁的不知是狐疑还是受宠若惊，随后掏出手机上下划拉着。岳晓芬姐妹的号码也被他存进了通讯录里。片刻电话拨出，对方还颇为体谅地点开了扩音器，《蓝色多瑙河》回荡在这套老旧两居室里。而伴随着那段再次响起的旋律，王亚丽强迫自己保有的那点儿希望却在不断滑落、稀释、破灭。最终，那个潜伏在每个人手机里的电子娘们儿又冒了出来：对不起，您所拨打的电话无人接听。

　　岳晓芬姐妹不仅不接她的电话，谁的电话都不接了。这个事实也让王亚丽越发承认了那个"最坏的可能"。但也怪了，最坏的可能并未给她带来最深的疼痛，当王亚丽转身往外走去时，她只觉得嘴巴发苦，就像早晨刚一睁眼时那样口干舌燥；她还觉得脑子发木，像台生锈的机器停止了转动。一楼住户仿佛也从她的面前消失了，眼中只剩下了对面大卧室阳台里扑面而进的阳光。她逆着光，像个盲人一样小心翼翼地张开双手，一边小步挪动一边摸索着空气。然而来到两间卧室之间的门厅时，她的胯骨还是撞到了什么东西，餐桌餐椅发出连锁反应的声响。也是这时，她才又听到一楼住户对自己说：

"姑娘，你也帮我个忙呗？"

王亚丽回头，保持着方才的和善口气，礼貌而耐心地说："大爷，有事儿您说。"

"我给你点儿钱，多少咱们可以商量，你哪天到我那儿去一趟？"

"您还挺执着。"王亚丽又感到一楼住户的目光正在沿着她的后背、腰杆、屁股和腿上下游走了，她便惨然笑了，"您就不怕我告诉警察吗？"

14

　　那天从那栋暗红色的矮楼里出来，王亚丽第一站就去了麦子店的派出所——当然不是去揭发一个老流氓，这事儿暂时还顾不上——她从几个强制醒酒的醉鬼和丢了电动车的外卖小哥中间钻到办公桌前，火急火燎地说要报案。一边说，她还拿手在桌上啪啪拍着，借以引起那位正对着电脑啪啪打字的年轻警察的注意。警察长了张娃娃脸，和随处可见的卡通警察还有几分相像，他抬眼看看王亚丽，便问什么事儿。王亚丽说有人失踪了，"麻烦政府帮着找找"。然后又把岳晓芬姐妹的年纪相貌外形特征描述了一遍；而人家问到她和失踪者的关系，她也只能回答"算是朋友"，失踪的具体时间则"弄不清了"。

　　交代完这些，她又满怀期待地瞄了眼警察桌上的电脑，引用了中介公司的小寸头曾经威胁过自己的话：

"现在都什么年头了，电子定位大数据啥的可劲儿往上招呼，四条腿儿的狗能丢，两条腿儿的人可丢不了——对吧？"

"四条腿儿的狗也丢不了，只要办过狗证再戴上电子项圈。"娃娃脸警察对王亚丽的话稍加订正，这让她的心情一时振奋了起来；但对方旋即又耸了耸肩膀，"不过找人和找狗还不是一个道理，你这事儿立不了案呀。"

王亚丽不免一愣，警察接着对她进行了一番普法：人口失踪，得是直系亲属才有资格报案，并且得失踪超过二十四个小时警方才会受理；而如王亚丽所说，她和岳晓芬姐妹的关系仅仅"算是朋友"，对于岳晓芬姐妹究竟失踪了多久也"弄不清楚"，这都明显不属于立案范围。规定就是这么规定的，白纸黑字，还请群众理解。至于为什么有这样的规定，其实也很简单：一来是为了保障公民的隐私权，二来也是为了节省公共资源。要是不相干的人为了屁大点儿事都能惊动警察，那公安机关不成私家侦探了？

北京的警察就是不一样，除了态度挺好，政策水平也高，逐条逐句解释得让人不得不信服。但王亚丽却又叫道："可我不是屁大点儿事儿，她拿着我钱呢。"

"多少钱？"

"十万。"

真金白银在哪儿都有震慑力，这就让警察登时脸上一紧，继续又问："你干吗不早说？那么她是说要替你投资，还是卖什么保健品发展你当下线了？最近这样的案子很多……"

看对方那郑重的神情，俨然发现了一起大案要案。但在回答那些问题时，王亚丽自己却先犯了含糊：岳晓芬姐妹拿了她的钱这事儿，并不属于警察所列举的任何一种情况；况且说是她的钱，其实也不是她的，而是"果粒橙"的，但"果粒橙"偏又告诫过她"千万别经官"，这就让王亚丽不由得担心她的举措会造成什么意想不到的连锁反应——假如从那笔钱又牵扯出了中介公司，真让"道儿上"那些家伙恼羞成怒再对自己下了狠手呢？那可就是上赶着当烈士了。这么一想，王亚丽说话也吞吞吐吐起来，她说：

"那倒也没有……钱是我主动给她的，当然也不是给，是让她帮我拿着……"

"你的钱干吗让她拿着？"警察追问。

情急之下，王亚丽只好把她妈抬出来，顶了这个锅："挣点儿钱不容易，我妈那人又不靠谱，老家的房子都被她……"

警察却挥手打断了王亚丽。他挪了挪屁股，调动着耐心开始了新的一轮普法：既然没有诈骗事实，钱又是王亚丽主动交给人家的，那么这个行为就可以定义为赠予或者借贷，而具体是赠予还是借贷，又得看双方有没有合同约定；但不管是赠予还是借贷，想要立案寻人也都是不可能的，因为民事纠纷不涉及刑事责任……说得依旧逻辑清晰条理分明。而这么说着，那警察的口气里居然含着同情的意味了，除此之外还有一点儿不可思议：

"说一千道一万，你干吗要把钱放人家那儿呢，这点儿警惕性都没有吗？"

王亚丽既瞠目结舌又无可奈何地接受着对方的数落。面对警察的质问，她不禁想起"果粒橙"对自己的评价："傻"和"贱"。但原因仅限于此吗？再回忆起岳晓芬姐妹那样一个人，回忆起和岳晓芬姐妹的相处经历，曾经发生的事情似乎就没那么不可思议了。旁观者觉得荒唐的事儿，多半儿只是因为他们在旁观。而王亚丽又意识到，对于眼下的情况，再往回掰扯也实在没有必要。虽然这事儿警察不管，但她也不能就此作罢。

此后一些日子，王亚丽便开始了漫无边际的寻找。

和她共同行动的，还有"团契"里的几位老弱病残。总算不是一个人在战斗，这让王亚丽稍许有些欣慰，但从"兄弟姐妹"们口中得到的信息又让她更加后悔不迭，恨不得连抽自己几个大嘴巴：满满一屋子的人，除她以外谁都没跟岳晓芬姐妹发生过财物上的往来。也就是说，假如岳晓芬姐妹真的就此消失，那么遭受经济损失的将只有她一个。基于这个前提，他们虽然都在寻找，但寻找这个行为却具有截然不同的意味——对于人家而言，寻找是单纯的、质朴的，就像一群羔羊寻找另一只走失的羔羊；而对于王亚丽来说，却像是哑巴被迫重温黄连的滋味，像是挨了一拳的人在借着路灯收集满地的碎牙了。

王亚丽甚而会极其刻薄地抱怨：瞧瞧她混进了一

群什么货色当中？老的老残的残，唯一身强力壮的还是个不男不女的书呆子。在电视上的法制节目里，这种"与社会脱节"的人群不才是各种传销、非法集资和经济诈骗的重灾区吗？可结果呢，该被骗的安然无恙，不该被骗的自投罗网。更加讽刺的是，假如岳晓芬姐妹果真是个骗子，假如所有那些传销和诈骗能够得逞的前提都是天花乱坠指鹿为马的"洗脑"，那么她可是一直清醒得很。她从头至尾都没忘记自己混进"团契"的目的：那就是为了蹭口饭吃。现在可倒好，偷鸡不成蚀把米，不不不，应该说是偷米不成蚀只鸡、蚀只猪、蚀只牛了——十万，这得能买多少面包夹肉、桃酥和打卤面啊。每当如此换算一番，王亚丽就真的会连抽自己几个大嘴巴。

她就这样袒露着脸颊上横一道竖一道的红印，在伙伴们的跟随下跑遍了岳晓芬姐妹可能出现或曾经出现过的地方——其范围以麦子店的那栋暗红色矮楼为中心，辐射半径一两公里，包括商店、小卖部、露天水果摊、某个小区门口的某个小花店以及地铁站附近那栋写字楼里的外贸公司。花店的地址是李琴姐妹提供的，她曾经在那儿见过岳晓芬姐妹替人包装花束。找上门去，老板是个艳丽的少妇，披头散发戴一胳膊银镯子，人倒挺和气，只说岳晓芬姐妹发了个微信就不来了，店里还欠着她半个月的工资也不来领。写字楼里的那家外贸公司可就没那么好打交道了，足足把王亚丽等人晾在前台等了一下午，后来有个领导觉得门口横着个轮椅实在不好看，这才打发人出来过问了一下。人事部门给他们的答复是，确有一个名叫岳晓芬的应届毕业生曾经在这儿上过班，做的也的确是会计，只不过来也匆匆去也匆匆，还没转正就突然离职了。那个警惕意识很强的人事经理还说：

"她没打着公司的名义和你们做什么业务吧？如果有，我们概不负责。"

至于其他无关紧要的场所，人家或者没印象，或者有印象也说没打过交道。归根结底，这番寻找等于浪费时间，而这其实也和王亚丽潜意识中的预期差不多：假如没有什么特殊的手段和门路，在北京要想找到一个自己不愿意露面的人，那可真比在大海里捞针还要困难。远的不说，"果粒橙"不就是另一个活生生的例子吗？

中介公司和"道儿上"的家伙不比王亚丽有本事？还不是直到这时仍然徒劳无功地陪他玩儿着捉迷藏。

　　而直到这时，王亚丽也照旧会在每天晚上给"果粒橙"打个电话，只不过打电话时的心情又和以往不同——她也不知道自己希不希望"果粒橙"重新露面。假如电话通了，她敢把那笔钱的事儿告诉他吗？对方的反应会是什么，想想都令她心惊胆战。但假如电话永远不通，她就只能像飞进了微波炉的苍蝇一样，独自承受这份儿煎熬了。王亚丽已经有好几天睡不了囫囵觉，每每在夜深人静的时候突然抽筋、翻着白眼儿惊醒，此后瞪着铁架子床的上铺瑟瑟发抖，那副模样就和以前她妈拉稀拉得虚脱了一样。岳晓芬姐妹，你可把我害苦了；岳晓芬姐妹，你是死是活给个信儿行嘛；岳晓芬姐妹，你说你到底是个骗子还是我的"亲人"呢？王亚丽在心里翻来覆去地念叨着——奇怪的是，直到这时，她仍然不知道应该如何去"定义"岳晓芬姐妹。

　　王亚丽的犹疑不定，也和她去了一趟教堂有关。

　　那地方是李琴姐妹带她去的。路上李琴姐妹还说，他们不打算再找下去了。

也是直到这时，王亚丽才弄清了每个周日聚集在一间卧室里的"团契"是怎么形成的——那其实是个临时性的组织，是个权宜之计。麦子店这地方原先有一基督教会，规模不大不小，可供附近社区的信徒前去做礼拜，赶上大日子口儿还有分发面包和葡萄酒的仪式，并声称那就是血和肉，来自画儿上的干瘦男人。岳晓芬姐妹和李琴姐妹等人就是在教会认识的，老人和残障人士行动不便，多亏了一些年轻教友的扶助，才能风雨无阻地前去听讲经、做祷告。而也就在大约半年前，教会所在的那栋建筑更换了物业公司，新公司要重新进行内部装修，活动就不能正常开展了，信徒们想做礼拜，必须得去东四环或者北三环一带的其他教会。那些地方都远，起码要倒两趟车，对于李琴姐妹这类人便成了难题——跑是跑不动了，虽说心里有主就是最大的幸福，可长年累月不能见主一面，心里难免还是发空。大家一合计，说能不能在家门口组建一个"团契"，先帮去不了远处的教友撑过这段非常时期？这活儿便被岳晓芬姐妹应承了下来，她独自出面租了房子、通知教友，还从原先的教会领取了宣传手册，用以招募其他愿意信教的人也来参加，说是要"帮助更多的羔羊找到牧者"。

"真难为这小姑娘了，"李琴姐妹在路上说，"以前她就老照顾我们，不是帮东家买菜就是替西家上医院拿药，跟更早时候那些学雷锋的解放军也差不多。这次办'团契'，她又出力又贴钱，房租原来说好大家均摊，可她不声不响就全交了，我们再给她，她也不要。大家实在不好意思，才又提出轮流带点儿东西聚餐……"

在她身后，推着轮椅的大胖子也补充道："岳晓芬姐妹信教的日子并不长，刚开始去做礼拜，每到唱歌时眼里都闪着泪花。别人问她为什么，她就说那歌声太美了，像在心里种满了沙仑的玫瑰。教会的牧师解释说，岳晓芬姐妹体会到了信仰的幸福……让我在'团契'讲经，也是岳晓芬姐妹的提议，她知道我参加过车队的朗诵比赛。"

随后他们又说起了各自的一些事儿。王亚丽这才知道李琴姐妹不仅做过工厂的厂医，并且还真像人家所说的那样"去过外国"——她跟着厂里援建过阿尔巴尼亚，还在那边受了伤，脊椎里打了几根钢钉。因为落下了残疾，就一辈子没结婚。王亚丽又听说，在公交公司上班的大胖子原先也不是个娘娘腔，"哥们儿开大车的时候猛着呢，车上要有小偷，我敢抢着扳手跟他们干，再一脚油门把车开到派出所去"。而造成他性格逆转的是有一次学校包车，队里派他拉着两个班的小学生去郊游，结果在半山腰被一辆刹车失灵的大卡车迎面撞上，死了俩孩子。这次事故让大胖子患上了应激综合征，从此再也摸不了方向盘，只好转岗做了调度，进而待人接物也"越来越像个娘们儿"了，连他自己都怀疑"蹲着撒尿是不是更适合我"。总之谁都不容易。但在讲述这些事儿时，无论是李琴姐妹还是大胖子，口气又一律都是平和的、沉静的，就像当初的岳晓芬姐妹和他们说话时一样。

他们也一致宣称："多亏经人引路信了主，也不觉得活着有多难了。"

李琴姐妹又试图做出补充："当然啦，一块儿信主的人也帮了不少忙。"

大胖子则订正她："还是因为主，人都是秉承了……"

这样说时，他们便像排成了一支路队的小学生，沿

240

着麦子店那熙攘喧闹、尾气漫天的街道，穿越破旧的住宅楼和簇新的写字楼，向着和地铁站相反的那个方向走去。这支路队刚开始由七八个人组成，半途又加进来几个，就把"团契"的伙伴差不多凑齐了。行进在最前面的是轮椅上的李琴姐妹、推着轮椅的大胖子和王亚丽，后面是其他那些老头儿老太太，路队的外侧还游弋着那个断了腰的小伙子；他不时停下脚步，手扶着一棵树或者一根电线杆喘息片刻，而后再埋头猛冲一阵赶上来，就像一颗断断续续地追赶着彗星的流星。而他们的目的地坐落在一条相当宽敞的公路旁边，是栋方方正正的五层小楼，表面呈乳白色，一看就是最近才刷的涂料。小楼一侧悬挂着一溜儿花花绿绿的招牌，大约不是什么公司就是课外培训学校，此外还有饭馆咖啡馆的广告；而在小楼正门外的两棵冬青树旁，插着个箭头形状的木板，上面写着"福音""基督"等几个词汇，还深深地刻了个十字。

　　来时路上，李琴姐妹已经告诉过王亚丽，经过政府部门的出面协调，这个教会不仅得以保有原来的地址，并且就连分摊的装修费用也得到了减免；也是在前两天才听到的消息，装修进度比预计快了许多，教会已经重新开门，于是"团契"的伙伴们也就可以回来了。至于岳晓芬姐妹，他们相信她得知这个消息也会回来。岳晓芬姐妹舍不得那地方。

"所以你也别太担心，也许今天就见着她了。"李琴姐妹安慰王亚丽说。

"看得出来，你是个重感情的人……我们也挺感动的。"李琴姐妹还说。

时至今日，王亚丽仍未把将钱给了岳晓芬姐妹的事儿告诉别人，这是因为经过一番变故，她已经信不过任何人了，尤其是"团契"里所谓的"兄弟姐妹"。而听到李琴姐妹这样说，又看着盛大的白色菊花下面那张真挚的面孔，王亚丽不禁又燃起了一丝希望——也许事情真会像对方所说的那样峰回路转呢？不管岳晓芬姐妹为什么会突然消失，只要她能在教会里重新出现，那就说明自己的运气还没坏到家。这样想着，王亚丽在走上台阶穿过玻璃门时，呼吸也不可遏制地急促了起来。她还听到自己的耳鼓震动得砰砰作响。

教会的确切地址是在小楼的地下室。众人相互帮携着下楼，又推开一扇厚重的深色木门，就见那是个宽敞的大厅，虽然无窗，但充足的节能灯光将整个儿空间照耀得豁亮而洁净。和位于王府井、东交民巷的那些已经变成景点的教堂不同，这间大厅里并无各种塑像和彩绘玻璃，不过是四白落地、摆放着几排木制长椅而已。如果不是前方讲台上也挂了个十字，给人的整体印象就和一个朴素的会议室差不多。长椅上已经坐了些人，全都静默无声，听着讲台上一个穿着黑西装、戴着金边眼镜的小老头儿说话。这小老头儿可真是一张好嘴，不光嗓门儿要比大胖子清脆，口齿也干净利索，噼里啪啦地往外蹦词儿；至于讲话内容，王亚丽没听几句就明白了，因为人家说的全是一些朴素的事实：

"两股麻线绞成的绳索不易断裂，俩人睡觉的被窝才更暖和……"

接着话锋一转，论述起了婚姻生活的重要性；接着话锋又一转，号召大家为教友祝福。这时便有一对青年男女站了起来，满脸红扑扑地向众人鞠了个躬。原来俩人刚结婚，还没来得及回老家办喜事，先到教会寻求一个见证。这番简陋的仪式也和电影里的教堂婚礼大不相同，就连交换戒指和"I do"都给免了，无非是在场的人们轮番上前和新人握手，再说一句祝愿的话而已。而在一片喜悦的气氛中，只有王亚丽一个人的心情不可遏止地滑落了下去——她已经沿着长椅打量了几个来回，并没看见岳晓芬姐妹的踪影。于是在这空旷明亮的大厅里，她便有些待不下去了。周围的人们越是满脸笑容，她就越是满心凄惶，还觉得自己在他们之间是多余的。于是王亚丽从后排的长椅上站起来，转身往外走去。

她刚推开那道厚重的木门，就听见背后有人叫："这位姐妹。"

王亚丽回头，便看见刚才那个小老头儿追了上来。俩人面对面地站定。门里是白晃晃的节能灯，门外是橘黄色的四十瓦灯泡，因此他们的脸半边白半边黄，而投到地上的影子都是黑色的；小老头儿的身材比王亚丽还矮了半头，但影子却比王亚丽的长。

小老头儿说："我姓林，是牧师。"

王亚丽说："林牧师，您好。"

小老头儿说："你好。听李琴姐妹说，你是来找人的？"

王亚丽说："我找岳晓芬。"

小老头儿说："你们是朋友？"

王亚丽说："也说不上。"

小老头儿说："那就是找她有事儿？"

王亚丽说："有点儿东西在她那儿，我想要回来。"

小老头儿说："有这事儿？李琴姐妹倒没跟我说。"

王亚丽说："我骗你干吗？"

小老头儿说："你别急。我来找你，也是想劝你不要急……"

王亚丽便冷笑了一声："你是想跟我说，凡事都有主安排吧？"

小老头儿却也笑了："我倒没想那么远，我想说的是，以我对岳晓芬姐妹的了解，她绝不会做什么坑人的事儿……她太单纯，还净被人家骗呢。有段时间网上老流传着'穷传教''苦传教'之类的信息，说的都是乡下地方的教会缺衣少食还在坚持信主，还要兴建教堂。可细心想一想，要是实在困难政府也会管呀，政府的措施可比主的'五饼二鱼'来得直接，再说都吃不上饭了还要花钱盖教堂，这也不可能是主的意愿——其实都是骗人的，让给骗子捐款。我们为这事儿没少提醒教友们，可偏偏还是有人上当，其中就包括岳晓芬姐妹。她自己也不富裕，看得出来吃穿用度都省着呢，但还是一百二百地给那些人转钱，我说你这又是何苦，她就说，万一要是真的呢……"

听着小老头儿的话，王亚丽眼前竟有一些恍惚。那个手捧着一摞小册子，对她殷勤而执拗地笑着的岳晓芬姐妹又晃了出来，但随即又像涟漪一般破碎。王亚丽打断了小老头儿："他们说岳晓芬舍不得这儿，只要教会开张，她肯定回来。你觉得呢？"

小老头儿说："我也这么想。不过这又得说远点儿了，她回来也不是舍不得教会，而是想要和主在一起。另外，教会毕竟不是做生意，不能说是开张……"

王亚丽便再次打断他："那好，我还会再来找她。"

说完转身就走。小老头儿又在她身后道："不吃点儿东西？我们还有茶点……"

王亚丽略微一站，回头说："我又不信主，就不占这个便宜了。"

而恰在这时，从厚重的深色木门背后，便传出了一阵歌声。那是大厅里的人们正在合唱，声音并不响亮，但却唱得出人意料的整齐，并且曲调悠扬：

> 主，你是盛开在
> 沙仑的玫瑰
> 谁不切慕喜爱将你采归
> 你如那膏油馨香绽放四溢
> 你艳丽芳香秀美
> 谁能不为你，倾倒跪下降服
> 谁能不为你迷恋陶醉
> ……

王亚丽便又恍惚了片刻，眼前一阵迷乱。她刻意提醒着自己，强行管束着自己的舌头和嘴唇，这才没有随着那些男女老少一同唱出声来。然后，王亚丽迈步往楼梯走去。在从地下室通往一楼的路上，她的身影似乎也因为暗淡的灯光而变轻了，变薄了，她像个空有躯壳但却不具备重量的轮廓，是被身后那飘荡而来的歌声托上了地面。

15

去过一次教会，王亚丽便结束了她那漫无边际的寻找，由此转入了守株待兔的等候。每逢健身房中午休息，或者赶上黄昏时分的跳操课程结束得早——总之是一有空暇时间，她就会沿着往地铁站的反方向行进，穿过麦子店那些新旧交织土洋结合的楼宇，前往那间地下一层的大厅里看上一眼。而甭管什么时候去，人家倒也都开着门，或多或少总有一些人在。作为专门场所，这里就和开设在居民楼里的"团契"不同，不只周末才活动。

刚开始，她进门也不打招呼，只从大厅后面扫上一眼，顶多再到屋里转上一圈儿，细细看清了那些高低错落的头颅之中并不包括岳晓芬姐妹，随后掉头就走。大厅里，有时是小老头儿正在清脆响亮地讲经，有时是

"兄弟姐妹"们一齐唱歌或者祷告，但这些似乎都与王亚丽无关。没见过的人还会抬头看她一眼，心里也许诧异这人是干吗来的，而李琴姐妹和大胖子等人却都习以为常，只在眼神偶尔交会时对她关切地一笑。

还有那么两次，碰上小老头儿一人坐在屋里。甭管人家是在看书还是闭目养神，都会立刻站起身来，对她招招手："来了？"

王亚丽就说："来了。"说完又要关门离去。

小老头儿却说："回见。"

王亚丽便只好说："回见。"

小老头儿又说："慢走。"

语气相当随意，听来倒有常来常往的意思，又好像王亚丽的破门而入是天经地义、理所当然的，好像她不是一个不速之客，而是和人家相当熟稔的老朋友了。一来二去，王亚丽就果然和那个小老头儿熟稔了起来，进而又觉得在这种处境之下，只有小老头儿能够稍稍理解自己的心情——尽管对于一些事情，她仍然向对方守口如瓶。而人哪，秉性上是改不了的，过去"果粒橙"说她"傻"和"贱"，她这时还真有点儿"傻"和"贱"

了——随着破门而入的次数越来越多，王亚丽自己反倒先有点儿过意不去了。

那常常发生在小老头儿打扫卫生或修葺桌椅的时候。赶上外面下雨，人们会在地上留下斑驳杂乱的泥点子、黑脚印，被明晃晃的节能灯一照，就显得格外触目；另外房子虽然是新装修的，但讲台和长椅却都是以前用旧了的，所以总会不是这儿歪了腿就是那儿剥了皮。每当这时，小老头儿也顾不上和王亚丽寒暄了，只是拿了墩布或者改锥钳子，东跑西颠儿地忙碌着。他的身影被空旷的大厅衬得格外小，几乎缩成了一个黑点儿。而王亚丽看着那个黑点儿劳作不休，心里一不落忍，手里也就痒痒了。她便走上前去，从墙角找出工具，跟在小老头儿身后忙活起来。小老头儿也只回头对她一笑，此外不再说些什么。在人家眼里，似乎王亚丽的一切行为都是天经地义、理所当然的，这反而让她觉得舒坦。当他们把地面刷洗得清洁锃亮，把歪了斜了的椅子腿重新固定，王亚丽和小老头儿一同直起腰来，看着收拾一新的大厅，便又滋生出了一种淡淡的成就感——虽不恢宏，但却安宁。

趁着这时，王亚丽也会问那小老头儿："岳晓芬确实没来过？"

小老头儿说："没来就是没来，我骗你干吗。"

王亚丽扭脸不响。还有一次，小老头儿也问她："你真没想过信主？"

对于这个问题，王亚丽的回答是："不信就是不信，我骗你干吗。"

俩人就相视一笑。但等笑完，小老头儿又说："信也罢，不信也罢，你在这儿时，我倒觉得岳晓芬姐妹又回来了——"

王亚丽插嘴问："你这话什么意思？"

小老头儿说："这些活儿，以前都是她帮我干的。现在她走了，你来了。"

王亚丽木然半晌，说："我跟她可不一样。"

嘴上这么说，但那天上午干完活儿，王亚丽却默不作声地留了下来。那又是一个周日，她刚好得到了一次歇班的机会，不必再去健身房。整洁的大厅里陆续迎来了许多人，其中也包括以前"团契"里的那些"兄弟姐妹"。李琴姐妹和大胖子他们还专门过来和王亚丽打了个招呼，但却谁也没提岳晓芬姐妹。这想必是看出她心思重，不想给她火上浇油吧，王亚丽这样理解。而等人们坐定，小老头儿走上讲台，便开始了这个星期的讲经。这也是王亚丽第一次在自己打扫的大厅里参加类似仪式——但很可惜，尽管小老头儿的那张好嘴说得绘声绘色，尽管她早上刚吃过饭，肚子并不饿，然而她却仍然一个字儿也没听进去。她只是孤零零地坐在长椅的最后一排，像火柴燃烧木杆儿一样，被自己的念头侵蚀着。

她在想的是：当初岳晓芬姐妹坐在这里，究竟怀着什么心境？岳晓芬姐妹会像她自己所宣称的那样喜悦和幸福吗？还是在喜悦和幸福底下也藏着不为人知的悲戚？抑或像她那种人就无所谓悲喜，只有毫无感情的沉静才会令她感到妥帖？此外，现在的岳晓芬姐妹又在想些什么？拿了人家的钱是觉得烫手还是心安理得？就算不会想到王亚丽，她难道就不会怀念画儿上那个干瘦的外国男人吗……此时王亚丽也不琢磨岳晓芬姐妹到底是"亲人"还是"骗子"了，相反，她在某种程度上认为自己替代了岳晓芬姐妹。就像小老头儿所说的，"她走了，你来了"，于是她和岳晓芬姐妹重叠在了一起，就像一条影子融进了另一条影子。而倘若如此，王亚丽是否也能抛开那些焦虑、忧愁以及绝望——正如曾经的岳晓芬姐妹一样？

这么想时，大厅里就有歌声飘荡了起来。歌声一首接着一首，在高高的天花板附近盘旋。和"团契"不同，这里唱歌不仅有一支唱诗班领头，而且每唱一首之前都会报个歌名：《心愿》《唱一首天上的歌》《沙仑的玫瑰》……哦，这时王亚丽才知道，原来她听惯了的那首歌就叫《沙仑的玫瑰》。而当初每次专挑这首来唱，是因为岳晓芬姐妹格外钟爱于它吗？王亚丽便也站起身来，放开嗓门，和众人一起唱了起来。她是如此投入，旁若无人，仿佛独自站立在空旷的原野上放声歌唱。事实上，她也像岳晓芬姐妹一样偏爱着这首歌。

一曲终了，余音似乎还在回荡，王亚丽却起身离开了大厅。

她把自己封闭在了这样一种幻觉之中：她像当初的岳晓芬姐妹一样，把那间大厅里的仪式当作了生活中唯一有价值的内容；歌声一起，歌声又落，心便满了，像南方湖水里的月亮一样充盈。于是再没什么能扰乱她的了吧，如此心情的王亚丽走在街上，脚下不紧不慢，脸上无波无澜。她顺着往地铁站的方向行进，穿过麦子店那些新旧交织土洋结合的建筑，往自己住的小区里走去。没一会儿，出租房所在的那个门洞就在前面了。

掏钥匙开门时，王亚丽并未察觉到身后有人。而等那条包抄而上的男人身影裹挟了她，拽着她的胳膊往楼道里扎进去，她才像某种殊死反抗的小动物一样吱吱叫了两声。对于这种情形，王亚丽倒已经颇有经验了，她扭动着挣扎着，同时又往地上蹲了下去。

"我不知道他在哪儿，真不知道——"她还这样喊叫。

她身后那男人却说："你个傻驴，认清了人再叫唤。"

王亚丽一怔，蹲了一半儿的身体重新直起来，借着门洞外涌入的阳光，扭头打量那人。然而她的确是有点儿认不出他了——当然这也不怪她，因为现在就连那人的亲妈恐怕也认不出他了——那是一张肿胀、残破、伤痕累累的脸，鼻子歪了，下嘴唇好像半根香肠，牙缺了两颗，眉骨上斜开着一条口子。最显眼的印记镶嵌在脑门的正当中，是一道虽不漫长但却相当深邃的伤口，此时还在流着汤儿渗着血；究其成因，大约是以头抢地时磕到了什么尖锐的东西。对着那张脸看了足有半分钟，王亚丽这才叫道：

"'果粒橙'，你怎么也变成马王爷了？"

"果粒橙"却不答话，拉扯着王亚丽进了屋，关门之前还朝外打量了几眼，那副神情好像正在惊魂未定地逃避着什么。幸好出租屋的室友们都不在，不是逛街就是上公园去了，所以他的这副尊容并没再吓着谁，王亚丽也得以从容不迫地替他包扎伤口。她翻箱倒柜找出红药水和棉球，酒精没了就用炒菜的白酒代替，像画画儿一样在那张脸上勾勒着，涂抹着。同时她还奇怪这人的脑子是不是也被打傻了，怎么连疼都不知道了？他就那么仰着花瓜似的脑袋，面无表情地呆坐着，哪怕药水渗进眼角也不动弹一下。

当一切收拾停当，王亚丽便也摊开两手，呆若木鸡地面对着"果粒橙"。他们都沉默着，屋里却不安宁，这是因为窗外街边有家美容院正在组织员工做操，伴随着神曲《野狼disco》，一群大姑娘小伙子对着过往车辆大喊："我是最棒的！"那声响将两人的沉默衬托得愈发漫长，而一时间，王亚丽却仿佛仍然无法确定坐在自己对面、铁架子床下铺上的那人就是"果粒橙"。她从未见过一个如此寡言少语的"果粒橙"。

也就是这时，"果粒橙"突然搂住了王亚丽。他还用胳膊紧紧箍住她的腰，同时把一张五彩斑斓的脸深深地埋进了她的肚皮。他进而开始哆嗦，一边哆嗦一边说："亲人哪。"

在此时刻，王亚丽似乎也是应该反抱住"果粒橙"的。如他所言，他们是"亲人"嘛。但她犹豫了片刻，却只是拍了拍他的肩膀，轻声道："有事儿说事儿。"

"果粒橙"便把脸从王亚丽的肚皮上拔了出来："我算砸了锅了。"

紧跟着这个结论，"果粒橙"终于恢复了一部分语言能力，将他在这些日子的经历讲了一遍。此番陈述不仅断断续续，而且颠三倒四，王亚丽费了好大力气才听明白。这也使她不得不感慨：在很多情况下，真话可比假话难懂多了。当然这也不稀奇，人说真话都是无心的或者被迫的，而在说假话之前却往往早就打好了腹稿，操练纯熟了——就像"果粒橙"曾经告诉过她的那些，比如中介公司的人为什么要追查他的下落，比如他为什么要把那笔钱放在王亚丽这儿又劝她转存别处……原来统统都是编的，编得却比真的还真。

王亚丽还感慨：原来假话有时也是从真话变过来的，只不过在某个地方出了差错，从此就像铁轨分岔儿，火车也会开向截然不同的方向。再把"果粒橙"对她说过的话往前追溯，他想开一家门店的理想，以及为了理想而实行的自虐式的财务计划其实都是真的，可再说到他放在她这儿的那笔钱的来路，却成了真假参半：其中有一部分自然是他攒的、挣的，但还有另一部分，而且是比例相当大的一部分，来自他挪用的客户佣金。

无论租房还是买房，在交易款项之外都会附加一笔"服务费"，这钱常常由出款方支付给中介公司，再由公司分出一定额度——通常并不很多——奖励给经办的业务员。这就是房屋租售的利益链条，也是中介这门生意的行规。而"果粒橙"就是在这个流程里做了手脚。他号称能给打折，忽悠客户把佣金直接打进了自己账户，然后又私下带着客户完成了交易，对公司则只说人家变卦了，买卖黄了。两头儿一骗，现金入袋，这种套路的行话又叫"飞单"，据说同事中胆儿大的人都在"飞"。只不过"果粒橙"深感理想不等人，"飞"得更高，以至于账目里的数字就像狂风一样舞蹈。但也正因为此，一来二去露了马脚，引起了公司的怀疑。而他也一不做二不休，在公司发难之前先把户头里的现金都取了出来，分两次藏在了王亚丽这儿。之所以分两次，则是因为心思里又有个弯弯绕：他开始也没那么信得过王亚丽，还担心王亚丽拿到钱后会给他来个"卷包会"，所以哪怕情急之下，也只敢给她一半；但后来见王亚丽不仅尽忠职守，而且为了不辜负他宁可出去蹭饭，这才心里一热，对她倾囊而出。也就是说，虽然"亲人""亲人"地叫得欢，但也是直到把第二笔五万多块钱全都交给王亚丽时，"果粒橙"才算彻头彻尾地把她当作了"亲人"。

听到这里，王亚丽问："那他们满世界找你，就是因为这事儿？"

"果粒橙"点了点头："也是为了杀一儆百，我要跑了，公司的面子上不好看。"

王亚丽问："脸弄成这样，也是他们打的？"

"果粒橙"又点了点头，评价道："一个金链子，一个大光头，手艺还行……折腾了我半宿，也就落下点儿皮外伤。这帮人现在也懂法了，下手有分寸。"

王亚丽问："你不一直藏得挺严实吗，怎么让人逮着了？"

"果粒橙"咳了一声："本来躲在一个开大卡车的初中同学那儿，他们货运站在通州，租的潮白河边一个村里的平房。可前阵儿不是减少外来人口嘛，村里也往外轰人，他就想搬到回龙观去，还让我帮忙找地方住。我想着过了那么久，公司那帮孙子也该放松警惕了，就回去晃了一圈……结果好死不死，昨天刚一露面就让人给按了。"

王亚丽问："那你又是怎么逃出来的？"

"果粒橙"说："没逃，店长把给我放了，不过走前扣了我的证件和手机。店长还说，只要我把'飞单'的钱还上，此外再交点儿罚款，那这事儿就算了——毕竟家丑外扬的话，公司的面子上同样不好看。但店长又说了，要是不交钱，就只能找警察了。"

王亚丽问："找警察……会把你怎么样？"

"果粒橙"的眼睛躲向别处，声音也低了："按他们的说法，职务侵占，起码三年。"

俩人再次陷入沉默。这时窗外街边那家美容院的员工仍在做操，不过伴舞音乐就变成了《沙漠骆驼》，他们对着过往行人呼喊的口号也变成了："你是最棒的！"忽而风动，树叶作响，还有一只白色的塑料袋正在向着对面的楼顶雄心勃勃地攀升。

又过了半晌，王亚丽才问："你一共'飞'了多少钱？"

"一笔卖房的佣金，还有几笔租房的中介费……大概七万多吧。""果粒橙"舔了舔嘴唇回答，"本来还说要罚我五万，我说实在没这么多，打死我也没有，店长就给减到了三万。加在一块儿，总共要给他们十万出头，期限是三天以后……"

这事儿居然还能讨价还价，王亚丽脸上差点儿滑出一丝冷笑。而伴随着那道简单的加减法应用题，"果粒橙"不禁低垂下了乌青的眼睑，哑巴着浮肿的嘴角，又轻轻摇了摇那颗斑斓的脑袋。他也许还在哀叹着理想的破灭吧——在他看来，老板和老板娘，五位六位七位数的收入，在北京买套房子，这些光明而美好的前景都像肥皂泡一样爆裂开来，转眼就连一点儿汁水也没留下。

而一边痛惜扼腕，"果粒橙"还一边瞥了眼王亚丽，神色之中似乎有点儿诧异。也许他仍然把他那破灭的理想当成"他们的"理想，因此认为王亚丽也应该陪着自己感伤一番。这么想着，王亚丽便真的从鼻腔里哼了一声，让刚才那丝未完成的冷笑飘进了空气。对于未来，她所能做出的展望可比"果粒橙"要惨烈得多，但很奇怪，她在此时却只想发出一声冷笑，也不知是在笑自己还是在笑"果粒橙"。

在王亚丽的冷笑之下，"果粒橙"的身板又矮了一截，头颅几乎扎到了膝盖中间。

王亚丽则转身往外走去，甩下一句："昨儿到现在没吃饭呢吧？"

说着她就进了厨房，刷锅烧水下面条。面还是好些天以前从早市上买的，扔在橱柜上一直没碰，此时已被风干成了一兜排叉儿。和面搁在一起的西红柿则早就干瘪发霉。王亚丽把干面条下锅，煮成了一碗几乎不能成形的糊状物，临了又磕了几个鸡蛋，端回去递给"果粒橙"。"果粒橙"埋头就吃，呼噜呼噜作响，响了片刻才又抬头：

"一会儿先把钱取了？"

王亚丽说："你等着。"

说完先到卫生间洗了把脸，还揩了点儿室友的擦脸油给自己抹了，又拿梳子仔细拢了拢头发，这才出门，走到街上。迎面就看见了那些热火喧天的美容院员工，他们已经不再跟着音乐做操，而是开始举着横幅跑步，横幅上又写着一行话："要做就做最棒的！"王亚丽便驻足观望，仿佛对这句宣誓深表认同。也是过了很久以后，她才感到惊讶：人处在疯狂的临界点上，怎么还能表现得如此慢条斯理，从容不迫？这简直让她怀疑自己在那一刻其实并不打算发疯，而是预谋着把"果粒橙"扔在屋里一走了之。

但她走得了吗？有地儿去吗？她可不是"果粒橙"，在北京还能找着什么开大卡车的初中同学，她也不是岳晓芬姐妹，一旦消失就没人知道她的下落。再说"果粒橙"不是她的"亲人"吗？事到如今她不也只有这么一个"亲人"了吗？但也很遗憾，这个"亲人"恰恰因为她的一个决定而眼瞅着就要坐牢了。十万多，全没影儿了。她无法想象"果粒橙"知道这个实情之后的反应，也无法想象应该怎样把实情告诉他。而既然如此，她也只有发疯了。犹如做出了一个令人释然的决定，王亚丽的脑子里叮的一响，仿佛什么弹拨乐器的银弦应声而断。接着，她还迈开双脚，跟在那支呼号不休的队伍后面跑了起来。

王亚丽的耳边呼呼生风，膝盖随着双脚的起落又在隐隐作痛。她奔跑着，从麦子店南里穿到麦子店中里，又拐了个弯来到麦子店东里。在视觉印象上，她相当于从一片灰色矮楼出发，经过一片褐色高楼，最后钻进了一片暗红色矮楼。路上不时有人看向他们这支队伍，队伍里的其他人也纷纷回头，像看一个怪人似的看着王亚丽。但王亚丽却满不在乎，她仿佛有生以来第一次因为受人瞩目而倍感自豪。在某一个街角，她突然加快速度一跃而上，不仅从队尾超越到了队伍前方，并且把身后的追随者们越甩越远。王亚丽的身材矫健，背影瘦削，步履充满弹性，假如麦子店是一首乐曲，那么在这一刻，她就是乐曲里最有力度的一个音符。她的奏响几乎令人目瞪口呆，人们看着她拐向了那些暗红色矮楼中的一栋。

王亚丽钻进门洞，弹跳着跑上楼梯，气喘吁吁地站在那扇白板一块的木门跟前。楼道里回荡着一个老年烟酒嗓的声音，沧桑、遒劲、气势磅礴。这是多么熟悉的场景啊，只可惜那声音所讲述的内容提醒着她，此地早已物是人非——《三国演义》说完了，现在换成了《三侠五义》。然而王亚丽根本顾不了那么多了，她抬起脚来在门上狠命踹着，踹得楼道里充满了擂鼓一般的回声；她还用手挠门，用头撞门，仿佛那门本身就和她有着天大的冤仇。她也知道她的举动毫无用处，但她就是迫不及待、忍无可忍地想要宣泄，想要表现得忘乎所以，想要让自己的力气有地方可去。她已经发疯了嘛。

"出来，出来！没死就出来！"作为一个发疯的人，王亚丽当然还要大喊大叫。

而门真就开了。紧接着，门里的人和门外的人都被吓了一跳。王亚丽看见一个神情呆滞的小黄毛，穿了一身嘻哈风格的灯笼裤和肥大帽衫；小黄毛则看见一个涕泗横流的王亚丽，不仅脸上和嘴角旁，就连脑门上和脖子里都流淌着黏糊糊的液体。

对视许久，小黄毛才先开口："你找谁？"

"反正不找你。"王亚丽安静下来，低了低头又问，"现在你住这儿？"

"我刚搬过来。"小黄毛说。

王亚丽便应了一声"哦"，也不解释，转身下楼。她似乎有些清醒了，也觉得发疯发够了。而接下来，却轮到小黄毛陷入了狂怒，他号叫了两嗓子操操，回身冲进屋里，抄了一根擀面杖追了出来。王亚丽一回头，恰好看见他昂然挺立在楼梯上方，高高举起了那根棍棒，姿态有如自由女神擎着她的火炬。小黄毛还对王亚丽吼道：

"你是一楼那老丫的派来的吧？告诉他，我不怕他！不就是放评书嘛，不就是让人砸门嘛，还有什么本事尽管使，反正要想让我搬家就得退租金——惹急了我还跟他拼了！"

听完小黄毛的控诉，王亚丽咯咯一笑，像只燕子飞下了楼梯。此刻，她觉得有趣极了，甚至还为找不到人分享她的趣味而感到遗憾。而刚走到距离地面只有几节台阶的地方，她却发现一楼右手边的那道木门也打开了，门缝里闪出一张剃着花白板寸、长着酒糟鼻子的老脸，下面鼓着半个漏了气的轮胎形状的白肚皮。面对着一楼住户那灼灼闪亮的目光，王亚丽便又咯咯一笑。她还看到一楼住户朝楼上指了指，对自己做了个既得意又自嘲的鬼脸。在那一瞬间，他们倒像成了同伙，仿佛刚刚串通着完成了一个机智而又无伤大雅的恶作剧。

"姑娘……"一楼住户进而对她开了口。

王亚丽却没理他，掏出手机看了一眼，随即转过身去。

"上次跟你说那事儿……"一楼住户继续道。

王亚丽抬手往后一撩，如同截断了一缕不绝于耳的气流。

一楼住户便很有眼力见儿地闭上了嘴，可却仍把目光从下往上投向她的背面，在她的脖颈、腰背和屁股上游走着，扫描着。但也无所谓了，看就看吧。别说是看了，他就是一把抓上来，王亚丽恐怕也不会顾及——在老流氓的鉴赏的目光下，在涛声依旧的单田芳的评书里，在手机屏幕耀眼夺目的闪烁中，她死死地盯着来电显示的那个人名，仿佛不认识"岳晓芬"这三个字儿了似的。她瞪得眼珠子发疼，喉咙也随之抽搐起来，又仿佛整个儿人间都被清空，只留下她握着手机，准备接收来自另一个世界的声音。直过了好一会儿，王亚丽这才伸出颤颤巍巍的手指，按下了通话键。

岳晓芬姐妹的声音传了出来。

岳晓芬姐妹唤了她一声："王亚丽姐妹。"

16

麦子店的夜晚是火热的。

预制板楼体和单层玻璃窗形同虚设，车声人声、烟味油味破墙而入，充满了这间十平方米不到的一楼小北屋。王亚丽就坐在桌前，面朝北窗。她侧耳听着背后以及窗外的动静。不知何时起，从脚下传来的间歇性震颤消失了，就像半死不活的火山终于熄灭，这说明那条贯穿城市东西的地铁已经停止了运营；而身后的水管鸣叫以及桌椅碰撞、柜门开关的声响却越发紧促，这是否又意味着交易的另一方已经急不可耐，交易本身也箭在弦上了？这让王亚丽汗毛倒竖，同时却又产生了某种莫名的兴奋。是死是活，就看这一把了。

她横了横心，突然起身，来到房门口，溜着半掩的门缝往充当客厅的过道里扫了两眼。过道没人，交易的对象一定前往了这套老旧两居室的另一间卧室，为交易的内容进行着最后的预备项目。他是要往胳肢窝底下喷点儿清洁剂，还是要口服一枚小药片？王亚丽喉头一紧，赶紧压抑住了呕吐的冲动。王亚丽还明白，在这个她看不见对方，对方也看不见她的节骨眼儿上，也正是她本人开展行动的绝佳契机了。于是她快步走回桌前，将对面那扇小北窗底下的插销轻轻拔了出来，又将窗户推开条缝儿，而后一把扯上了窗帘。

这时她才发现，那窗帘还是深蓝色的，上面印了许多暗红的花朵，仔细一看原来是玫瑰。窗帘横悬在昏暗的屋里，被窗外明灭不休的灯光钻破了几个小洞，便又很像是闪烁着繁星的天幕了。星光闪耀的夜空里飘满了玫瑰。但也恰因多了这道屏障，麦子店的喧闹之声仿佛就被隔绝了一大部分，这间小北屋忽然静谧了下来。并且光线一变，就连侧面书架上那个大头娃娃存钱罐的脸也摆脱了暗影，褪去了一脸惶然，重新变得甜美丰润了。

王亚丽心里一颤，坐回桌前。她像抓紧时间似的，又让自己陷入了回忆。

关于岳晓芬姐妹最后的记忆，也和一个晴朗透彻的夜晚有关。那天，风把天空洗刷得如同琉璃，到了晚上还向人们展露着无穷高远的内里。但王亚丽头上顶着星斗，心里却是透不出一点儿光亮来的。她已经在一家医院大楼外的长凳上枯坐了几个小时。

当天中午，岳晓芬姐妹一个电话把她叫到那家医院，只说自己要做手术，此后就没了音信，再打电话也打不通了。按照电话里所说的地址，王亚丽总算找到了"心脏中心"的门牌，而后逢人就打听。白大褂们忙忙碌碌，也没人理她，过了很久才有一个值班医生告诉她，确有一位名叫岳晓芬的病人在此手术，不过手术后的排异反应很严重，发生了严重的心率失调，还伴有心脏停搏，目前已经转入ICU进行监护。

这串儿医学术语让王亚丽如堕云雾，她不禁问："那是什么地方？"

"重症监护室，随时准备抢救。"医生白了她一眼，接着又甩了一句话，就不是例行公事的介绍，而是明显带着情绪了，"现在才知道着急，早干吗去了？"

平白挨了一通数落，王亚丽只好再去重症监护室，路上边走边打战。这家医院要比她曾经住过的那家原工厂附属医院大得多，光是门诊、病房和手术室就分成了好几幢大楼，来往在大楼之间的人们也尽是带着火急火燎或者忧心忡忡的神色。别人的表情传染了王亚丽，当她穿过一条长长的、人满为患的走廊，终于站在重症监护室门口的时候，几乎就连"岳晓芬"这三个字都报不出来了，嗫嚅了半天才把话说明白。

接待她的护士口气更冲："你们这些家属怎么回事，这么大个手术也不来个人？我明告诉你说，看见这屋里没有？她进得去却有可能出不来。万一真有什么三长两短，你们就后悔去吧——对了，你是岳晓芬什么人？有紧急情况能签字吗？"

王亚丽这才说："什么人也不是，我也签不了字。"

护士就一愣："那你来干吗？"

王亚丽说："她叫我来的……我们认识。"

护士重新打量王亚丽一眼，叹了口气，紧接着眼圈儿却红了："她刚二十二。"

然后就让王亚丽留了个电话，还叮嘱她别走远，随时等消息。王亚丽两腿灌铅，挪到楼外，本打算穿过花坛去小卖部买瓶水喝，但才走了一半就突然坐下，化作了一尊雕像。此后的一个下午，她几乎一动不动，脑子都是空的，只觉得耳边嗡嗡鸣叫，也不知道是不是风在响。坐得再久些，她还觉得天边的云起云落、脚下的草木生长都有了动静，所有声音一齐入耳，但却不复吵闹，而是代表着万事万物在她心里清晰地映现。

仿佛直到这时，王亚丽才意识到岳晓芬姐妹可能会死。当然她也没有忘记，自己之所以在这儿苦等，可不仅仅是因为牵挂着岳晓芬姐妹的生死。不知从何时开始，手边的电话每隔一会儿就会急迫地响上一轮，但她却都没接，这是因为她瞥见屏幕上跳出来的是"果粒橙"的号码。也该轮到他着会儿急了，让手机里的那个电子娘们儿去应付他吧，王亚丽甚而有些快意地想。但与此同时，她又觉得脚下发空，仿佛自己也在追随着岳晓芬姐妹，往一个深不见底的黑暗的地方坠下去，坠下去。

把她从幻觉里拉出来的，也是一个电话。那是护士站打来的，只叫唤了一嗓子"赶紧过来"，就啪地摔上了听筒。王亚丽仍旧两腿灌铅，慢慢地向大楼内部挪过去。

这时天已黑了许久。当她走到那条人满为患的走廊入口，差点儿又被一阵惊天动地的哀号吓得瘫坐在地上——幸亏脑子还没糊涂到家，她意识到这哭的并不是岳晓芬姐妹。岳晓芬姐妹就是死了，想必也是没人哭她的。果不其然，还是那个护士迎了上来，递给王亚丽一副鞋套、发套和口罩，只说了一句"醒了"，就引着她往一扇门里走去。

王亚丽还在迟疑，护士又催："她非要见你，我们只好破例。"

跟在护士身后，王亚丽又穿过一条更加阴暗的走廊，随即豁然开朗。一个明晃晃的大厅里，依次排开了几十张病床。几乎每张床上都躺着个人，但大都一动不动，由各式各样的机器代替他们呼吸、循环以及发出嘀嘀作响的生命体征。护士又在王亚丽身旁指了指，她就经过那些静默的人形躯壳，朝着紧靠里头的一张床边走去。在那儿，岳晓芬姐妹的身体也连接着这样那样的仪器和管子，只从惨白的被单底下露出一张惨白的脸。

而当王亚丽愈发接近，便发现岳晓芬姐妹的一双眼睛也不再黑亮，并且眼神在她的目光里稍作停留，立刻就飘散开来，躲避到远在天边近在眼前的不知什么地方去了。这便让王亚丽又回忆起了她们的第一次见面，只不过攻守之势易也，当初是岳晓芬姐妹盯着她看，现在是她盯着岳晓芬姐妹看了。王亚丽也不言语，执着而执拗地拿眼睛锁住了对方。她认为自己的眼神应该是热的，但却热不起来，她又认为自己的眼神应该是冷的，但也冷不下去。她能做的仅仅是看，盯着岳晓芬姐妹仔细地、郑重地看。

　　岳晓芬姐妹的嘴唇便动了一动，王亚丽竟没听清。她站在床边，回头望了一眼护士，得到默许之后才俯下身子，把脸凑到床头。

　　随即，她听到了这么一句话："我对不起主。"

　　直到这时，对方心心念念的，还是画儿上的那个干瘦的外国男人。这让王亚丽心里一空，怨念也滋生了出来。她的眼神便冷了："别扯人家，说咱俩的事儿。"

　　岳晓芬姐妹接着说："我也对不起你。"

　　这话却更让王亚丽心里一凉，她又想到了那笔钱。

而岳晓芬姐妹却是从头说起的口气，先讲到了自己的病——其实早有症状，从小就时常喘不上气，还会两眼一黑晕倒在地，但家人也没多想，只说她身子弱，或许还是贫血；直到来北京上了几年大学，老师看她实在情形不对，建议去做个检查，这才查出了一种相当罕见的先天性心脏病。医生说要立刻做手术，否则会有生命危险——事实上，在从国外引进此类手术的技术之前，像她这种病人的寿命常常不超过三十岁。然而得到诊断后，岳晓芬姐妹却一声不吭地走了，此后也没告诉任何人。原因很简单，没钱。一台手术做下来得花十几万，用的还是进口器材，不在报销范围之内，这笔费用就不是孤儿寡母的家庭所能承受得起的了。为了给女儿上大学筹钱，她妈都已经把太湖边上的小吃店抵给村里人了。

打这以后，岳晓芬姐妹就把自己当成了一个随时会死的人。最初还存了一点儿希望，想着工作以后或许能挣出钱来，把手术做了。然而得了这病反而影响找工作，待遇好的单位都进不去；并且工资高的地方无一例外需要加班熬夜，"九九六"，一个病人的身体也扛不下来。渐渐地，这个念头也就绝了。她勉强拿了毕业证离开学校，刚开始还找了个会计的工作干着，后来连这也感到吃力，就去了花店站柜台。

也正是在这期间，她遇见了画儿里那个干瘦的外国男人。

岳晓芬姐妹对王亚丽说："我也是在街上碰到有人发小册子，去过一次就信上了。刚开始是'团契'，后来又入了教会，越信越深，完全离不开了。听说教会要装修，人就跟丢了魂儿似的，宁可掏出仅剩的一点儿钱去租房再办个'团契'……那股劲头，简直让我自己都害怕。而现在想想，之所以变成这样，恰恰是因为我知道自己快死了吧。信上一样东西就是有这点儿好处，死呀活呀，好像都成了无所谓的事儿，反正到了天上还会有人等我。小时候老看书上写着'视死如归'，以为那都是英雄事迹，这时却觉得其实也没那么难……不过说到底，我还是想错了，错在没料到人也会变。人在什么时候不怕死？必死无疑的时候不怕死。人在什么时候最怕死？看见条活路的时候最怕死。"

上面这段话，也可以解释岳晓芬姐妹此后的行为了。王亚丽刚来"团契"时，不仅岳晓芬姐妹，就连其他人也看出她就是为了蹭口吃。王亚丽那如狼似虎的吃相暴露了她的动机。当然这也没什么，吃就吃吧，乐善好施是美德，也是主所赞许的。及至后来，王亚丽一身伤病地上门投靠，岳晓芬姐妹还对她生出了几分同病相怜的情愫。但随着同住在一套房子里，两人交往愈发深入，岳晓芬姐妹的心思就变了——王亚丽存在她账上的那笔钱，让她看见了一条活路。只朝那条路上望了一眼，视死如归的岳晓芬姐妹就开始怕死，怕得要命。尽管她遍复一遍地告诉自己要"经受住考验"，但仍无法抵抗活着的诱惑。

也就无须赘言岳晓芬姐妹经历了怎样一番激烈的、百转千回的思想斗争了，总之她带走了那笔钱。她退了房子，来到医院，挂号，住院，预约手术，交费。十万，再加上手头的零碎，还有个医生帮着申请了一个减免部分费用的项目，竟也够了。说到这里，岳晓芬姐妹才终于看向了王亚丽，但仍像聚不拢焦似的，黑眼球里氤氲着黛色的烟雾。她是正在等着迎接王亚丽的怒火吗？也许她认为，无论受到王亚丽怎样的对待都是应得的——或者说是值得的？反正手术已经做了，就算把岳晓芬姐妹的胸膛扒开，把她那颗修补过的心脏掏出来，也没法儿找医院退回那十万了。王亚丽血淋淋地想着。

这时在王亚丽眼里，岳晓芬姐妹突然有了无赖的味道。她在此前对王亚丽的那些好，也都相当于放长线钓大鱼了。哼，还说是什么"主的旨意"。想到这里，王亚丽便冷笑了一声。她现在真是越来越爱冷笑了。而岳晓芬姐妹的脸上竟红了一红，随即又归于惨白。

接着，王亚丽问："钱你都拿了，还把我叫过来干吗？"

岳晓芬姐妹又将眼神挪开，似乎这才感到了羞愧："不说了。"

王亚丽道："来都来了，还是说吧，藏着掖着也难受。"

岳晓芬姐妹复又将眼神移了回来，迎着王亚丽："我之所以叫你来，还是因为我害怕。到现在，我都不知道自己将会是死是活……医生说这手术就是赌博，不光在手术台上有可能醒不过来，刚做完手术的这几天也随时会出意外，心脏一旦停跳，也就是那么半分钟的事……他们还问我怎么一个人来了，就没人陪着了吗？我明白这话的意思，其实是让我提前跟亲人道个别，能见的再见一面。可我真不知道该见谁了。想见我妈，可我不能见，别说做手术了，得病的事当初就没告诉她；也想见我爸，可都忘了他长什么样了，见了等于白见。数来数去，我也就剩下想见见你了……好歹咱们当过几天亲人，对吧？"

王亚丽又冷笑："谁把你当亲人了？"

岳晓芬姐妹的眼神愈发黯淡，却像不甘心似的，探了探插着红的白的塑料管的胳膊，用手抓起床边的手机，朝着王亚丽晃了晃。她又说："是你在微信里的话，也许我想多了吧。但你的确说过，亲人也得明算账……所以我还准备了这个——"

说着，她又将手机翻转过来，拿手去抠手机壳。这个动作对于现在的岳晓芬姐妹却很困难，因此王亚丽不得不伸手帮了她一把。接过岳晓芬姐妹的手机，就看见手机壳的背面也印着那个干瘦的外国男人，目光慈祥，脑后拢着个光圈。再将手机壳取下来，取出了折叠着压在里面的一张纸，展开一看，居然是张欠条，写着欠款十万，债权人王亚丽。总之是亲人也得明算账。还得上还不上另说，但岳晓芬姐妹认账。

看着这张字纸，王亚丽又想冷笑一声，但却发现脸硬得像木板，再笑已经笑不出来。她又低头看着岳晓芬姐妹，只觉得对方的眼睛重新有了亮度，闪起了光。

岳晓芬姐妹说："我要能撑过去，以后上班挣了钱还你。"

岳晓芬姐妹又说："你要还不满意，我就去自首，出来以后也会挣钱还你。"

岳晓芬姐妹还说："王亚丽姐妹，我后悔了，我只希望你能原谅我。"

王亚丽却站起了身，朝向病房门外。在走之前，她很想给岳晓芬姐妹留下一句话，于是就那么站着，思虑了很久才说："我也不是什么好人，让你的主去原谅你吧。"

回忆就是在这里中断的。王亚丽记得，她和岳晓芬姐妹之间的对话不止于此，她们分明还说了些什么，但却一时想不起来了。现在，王亚丽仍然坐在一楼小北屋的窗前，等待着她所策划的那场交易。窗外的嘈杂之声渐渐散去，麦子店那火热的夜晚似乎冷却了下来。在关键时刻即将到来之际，一切条件正在变得对她有利。终于，仿佛序幕拉开，一双塑料拖鞋噼里啪啦地从她背后接近了。也正是这声响打断了王亚丽的回忆。

她蓦然扭头，看见了一张剃着花白板寸、长着酒糟鼻子的老脸。一楼住户站在小北屋的门口，像个老干部一样背着手，但仍然穿着大背心和大裤衩，背心撩起来半截，搭在形状很像漏了气的轮胎的白肚皮上——收拾了半天，也没见他变副模样嘛。

王亚丽便挤出一个笑来，同时尽量让自己显得傻一点儿，贱一点儿。这天早些时候，当一楼的那扇木门被她敲开，王亚丽也是这么笑的。面对门里那张老脸，她本来还想拿出一副健身房的女顾客们常用的媚态，以使自己的表情和她身上的吊带背心、丝袜、短裙相搭配——但再想起描眉画眼时浮现在镜子里的那张脸，以及体教班的男同学、北京郊县文身女、她的亲人"果粒橙"对那张脸所做出的各种评价，王亚丽就打消了这个念头。还是老实一点儿好，别再吓着老家伙，尽管她是应他之邀上门洽谈交易的。如果不是不合常理，她甚至有心直接把背面亮给对方算了——她也清楚那才是她的优势所在。

"姑娘，吗呀？"当时，一楼住户略显诧异，上下扫了一眼。

可见不仅王亚丽本人，就连对方也对她的这身新装扮很不适应。但这不正说明了她的诚意吗？而她也只能既傻又贱地笑着，开门见山："不是你说让我来的吗？"

"哟，我是没想到你真会来……"一楼住户恍了恍神，立刻露出了和蔼的笑，手忙脚乱地给她让着道，"别在外面站着呀，有话屋里说。"

"还是外面说吧。"王亚丽反而把脸一冷，"你不还说给我钱吗？"

"对对——也不能白麻烦你是不是？"

"这得先说好了——多少？"

"要不你说？"

"三千？"

"行。"

三言两语，交易就谈成了。对于她咬牙切齿地开出的报价，人家竟然二话没说，一进门就给"点了替"。上了年纪的人不习惯手机转账，所以是从五斗橱的抽屉里取出一沓半新不旧的票子，交给了她。直到这时，王亚丽也才第一次看清了一楼这套老旧两居室里的摆设：也和二楼差不多，甚至比二楼更加杂乱，家具上布满灰尘，餐桌上摆放着也不知几天没洗的盘子碗筷，溅在桌面上的油渍都结壳儿了。唯一与环境不相称的，就是摆放在客厅里的一套音响了，那玩意儿足足占了半面墙，低音炮几乎有半人多高。如果不是这么一副威风凛凛的装备，恐怕也发不出那震耳欲聋的噪声吧，而这也很符合一个北京老炮儿的特征——别处都能凑合，在爱好上却绝不能将就，哪怕听的不是交响乐而是单田芳呢。

可当王亚丽煞有介事地数着钱时，她却又为自己的漫天要价而稍微脸红了——在来之前，她专门在手机上查询过类似交易的价钱，最后决定按照所谓"外围女"的行情先报着，对方嫌贵的话也有个砍价的空间。当然，砍不砍价又在其次，关键还是得显得专业。另外，从付钱的痛快劲儿也能大致推测一楼住户的殷实程度——到底是两套房子的人哪。那么这个晚上一定不会白来，王亚丽暗暗鼓励自己。

"你等会儿，我收拾收拾去。"一楼住户对王亚丽说。

王亚丽便坐在客厅的椅子上。

一楼住户却又指了指那间小北屋："要不你先进屋？"

王亚丽便起身走进了屋里，在桌前坐下。

一楼住户居然在她背后赞了一声："对喽。"

他仿佛是对王亚丽的举动相当满意，然后却又转身不见了。他在准备，而她也需要准备。于是王亚丽就这么面朝北窗，一边等待，一边回忆，一边盘算，一边还拿出手机按了一阵。迄今为止，她的表现还行吧？当双方准备停当，一楼住户终于走进了这间小北屋，王亚丽居然还有心思自我欣赏：的确还行，想不到她还有点儿表演天赋。最起码那老家伙没有生疑，他正背着个手，眯眼打量着王亚丽的背面，从脖子到肩膀，从腰到屁股。他那双皱巴巴的眼睛里除了期盼，还藏着几分感慨。妈呀，他得多长时间没见过女的了？

王亚丽站了起来，咽了口唾沫，尽量坦然地和一楼住户对视。俩人之间是心照不宣的吧，就像所有类似交易的参与者一样。然后，她还扫了一眼那深蓝色的、画满了玫瑰的窗帘。拔出插销的窗户略有些漏风，吹得那扇窗帘微微鼓动，又像是开满了花的海面了。

一楼住户却从背后拿出样东西，往屋里那张单人床上一撂："先换上。"

这就让王亚丽始料未及。但她又相当专业地说："您还玩儿制服呢？这可得加钱。"

再往床上看一眼，却并不是什么护士、空姐、女警察的衣裳，更不是传说中的皮裙皮靴外加皮鞭子，而是一身鲜红色的运动服，袖子上和腿侧带着两条白道子那种。记得过去上幼儿体教班时，学校发的训练服也是这种样式，男蓝女红，只不过眼前这套质量看着更好些，估计是南锣鼓巷那种地方卖的复古"国潮"。这种口味倒真奇怪。

随即，王亚丽又听到一楼住户说："姑娘，三千不少了。"

对方的口气竟有些不好意思似的。但又一晃眼，王亚丽就彻底愣了：一楼住户又从背后掏出了一部黑乎乎的"微单"相机，挂在脖子上，对着她调试起了镜头。

这就不仅奇怪，而且诡异了。王亚丽突然紧张起来，梗着嗓子问："你要干吗？"

"不干吗。"一楼住户说，"就想给你照个相。"

"你到底要干吗？"王亚丽又问，声音也随之放大，几乎是破口喊了出来。她的确有点儿害怕了，隐隐积蓄了一晚上的不安突然爆裂，形成了一股直贯头顶的冲击波。这几乎让她在一瞬之间失去了控制，整个儿晚上的表演也随之白费。在此之前，她设想过各种各样的情形，其中包括对方会直接按倒她、企图强奸她，甚至还有遭到反抗时凶恶地殴打她，但却从未料到一楼住户居然会提出这种要求：让她换衣服还要给她拍照。她的脑子里闪过了在网上、在电影里看过的变态案例，而伴随着那些变态作案者出现的，似乎都有一部照相机。越想越瘆人，越想越恐怖，王亚丽便再次往身后的窗帘看了一眼。她还看向了侧面书架上的大头娃娃存钱罐，想着如果情急之下，这玩意儿能否帮她抵挡一阵。

看到王亚丽的神色，一楼住户不由得放下相机："你别怕呀。"

能不怕吗？王亚丽心里反问。她的下一句话却说得很像是个这种交易中的专业人士了，甚至充满了职业操守："要睡就睡，拍照可不行。"

一楼住户却仿佛吃了一惊，此外还有一丝委屈："姑娘，你把我当什么人了？"

"你说你是什么人？"

"你觉得我是想——"

"否则你还想干吗？老流氓，变态狂。"

面对着这个凛然的、警惕的王亚丽，一楼住户呆若木鸡。他愣了会儿，间或眨巴两下眼睛，面部肌肉又扭曲了一阵，表情说不清是想哭还是想笑。又过了会儿，王亚丽才从对方的脸上辨认出了尴尬的神色，而那强烈的尴尬也让她同样尴尬了起来——难不成是会错意了？她忽然想起，在和一楼住户的交往过程中，人家确实只是邀请她"晚上到家来一趟"，但却没说过来了到底要干吗。可话又说回来，这样的邀约还能是什么内容呢？况且她不也拿了对方的钱吗？更重要的是，一楼住户突然唱了这么一出，那桩一直进展顺利的交易也就滑到了泡汤的边缘，而交易泡汤倒还在其次，更重要的还有交易背后的计划……

王亚丽的脑子就乱了。一边乱着，她又问了一遍："你到底要干吗？"

"不都说了嘛，就想拍张照片。而且你不用露脸，背面就行。"

"甭管正面背面，你拍照片又是要干吗？"

"我有用，你甭管了。"

"你不说清楚就别想拍。"

"那我说了你就让我拍？"

说完这话，一楼住户便猛地喘了口气，前行两步，来王亚丽侧面的书架前。当他的手伸进书架又抽出来，王亚丽这才发现在那些菜谱和家庭保健手册之间，还插着一个花里胡哨的小相框。一楼住户把它递给王亚丽，说了声："我闺女。"

王亚丽低头，便看见了一个女孩。相框里夹着不止一张照片，前面一堆小的挡住了后面一张大的。小些的照片都看上去有些年头了，色泽已不那么鲜明，里面呈现的是那女孩十几岁、七八岁乃至五六岁的模样，有的穿着中学校服，有的坐在公园的树下，还有一张是骑着照相馆里的塑料鸭子。将小照片抽开，就露出了底下那张大的，上面的女孩已有二十多岁，正穿了身鲜红的运动服跨在一辆鲜红的"公路赛"自行车上。她生了一张类似于欧美人的棱角分明的脸，脸上挂着桀骜的表情，仿佛天生和谁制着气；而她的身材瘦削、颀长，腰背绷得像一张弓，可见是长年进行高强度运动的成果。

"她是去年走的，要活着的话，跟你岁数差不多……从小就淘，登高爬低的，上中学以前人家经常分不出她是男孩儿女孩儿。"也不等王亚丽再开口，一楼住户就急迫地解释了起来，进几个字儿还会舔舔嘴角，所以反而把话说得断断续续。"我跟她妈早离了，她妈是个能人儿，过去倒过盘条卖过呼机，九几年又移民去了加拿大，留下孩子跟我过。孩子恨她妈，发誓一辈子不见面，后来我倒还跟她妈通个信儿。一来岁数也都大了，这辈子毕竟做过几年亲人，二来离婚也不是一个人的错儿，我年轻时好喝酒，跟人打架进去过几回。她妈在那边挺孤单的，身体也不行了，就想看看孩子，所以让我每年拍张照片给她寄过去，哪怕有个背面或者侧影也行，她也能知道孩子长多大了。到今年孩子走了，想拍也拍不着了，正好遇见了你。你的背影跟我闺女长得

太像了，简直是一个模子里刻出来的……所以就想出了
这么个主意，觉着好歹也能对付过去。"

王亚丽问："你女儿怎么死的？"

一楼住户说："她不是爱骑车嘛，跟着俱乐部进山
野营，碰上泥石流了。"

王亚丽又问："你找我干这事儿，干吗当初不直说？"

一楼住户的眼睛就垂了下去，顺势往单人床上一
坐："以前我也找过别人，成天在公园里跑步的人中
间晃悠，看见身量差不多的女孩儿就往上凑合，硬着头
皮求人家。可我倒是说了，谁信呀？现在的女孩儿都
太精，动不动就觉得我有别的图谋，还有把我当变态
的——你刚才不也这样吗？所以我就决定先不告诉你，
把你诓进来给了钱再说。我也看出你挺缺钱的，跟原先
租我房子那丫头一样……说起来，那丫头倒是脾气好，
她也就是跟我闺女长得不像，个儿太矮，否则我就直接
找她帮忙了……她租那房还是我预备着给闺女结婚用的
呢，所以不管后来租给谁，我心里都不痛快，就跟他们
占了我闺女的房似的，老想着把人家轰走……这其实是
我不对，把人家轰走了我闺女也回不来了呀……可我就

290

是忍不住。"

　　那声音越来越低沉，越来越缓慢，到后来就成了自顾自的唠叨。而王亚丽打量着这个嘟嘟囔囔的老头儿，只觉得他活了一把年纪，到头来却变成了一个胆小而又孤单的孩子。这忽然让她觉得心酸，但那心酸又和她以前二十多年的心酸都不太一样。她进而又看了看手上的照片，仿佛和那个身穿红色运动服的女孩对视了一眼，随即竟又想起了岳晓芬姐妹。本来是不相干的人，却在这个时间、这个地点有了关系，但具体是什么关系，王亚丽也弄不明白了。只不过，就像灵魂里的一激灵，她突然做出了一个决定。

　　于是王亚丽转身，从单人床上捡起运动服，对一楼住户说："出去。"

　　一楼住户惶然地看了王亚丽一眼，然后乖乖地走出小北屋，还关上了门。

　　片刻，王亚丽又在屋里说："进来。"

　　一楼住户推门，就见王亚丽仍旧坐在桌前，面朝北窗，只不过此时已经穿着那身红色的运动服。她还用一根皮筋把头发扎了个辫子，更加清晰地露出了她和照片上的女孩同样瘦削、硬朗的脖颈和肩膀。谁也不再需要什么准备工作了，一楼住户在王亚丽的身后按下了快门。而在那一瞬间，王亚丽又拿余光瞥了瞥刚才随手放在床头的照片，竟发现那上面的人像变了——一会儿变成了她自己，一会儿又变成了岳晓芬姐妹。照片上的女孩、岳晓芬姐妹和王亚丽在错觉之中重合，又在错觉之中分开，从三个人变成了一个，又从一个人分成了三个。现在一个死了，一个只剩了半条命，只有王亚丽是唯一的幸存者。作为幸存者，王亚丽沉浸在一种难以遏制的冲动之中，就是为人家做点儿什么。而她果然做了。

然后，王亚丽又一次从窗前站起身来，把手伸进运动服的裤兜，从里面掏出了刚才放进去的一沓钞票。是那三千块钱的交易费用。她把钱轻轻抖了抖，扔到床上。

一楼住户便怔了一怔，而后上前捡起那钱，重新往她手里塞去："姑娘，别价呀——"

"我不要，说不要就不要。"

"这是你该拿的，要不我心里不踏实。"

"我拿了才不踏实，我也得跟你道个歉……"

俩人嘴上一来一往，手也交缠在一起，像练什么武功似的撕扯了片刻。但正在僵持不下，王亚丽却突然撤回了胳膊，任由那钱翻飞着撒落了一地。她像是想起了什么，撇下一楼住户又奔回窗前，撩开窗帘，找到窗户底下的插销，费力地试图把它插回去。

但却晚了。这一次，王亚丽的准备工作不够充分。当她刚把窗户缝儿合上，整扇窗户却力大无穷地往外敞开，风也浩荡地灌了进来。从一楼住户的角度，一定还可以看见那深蓝色的窗帘也骇人地鼓了起来，但却不是风的效果，而是有一团人形正从窗帘背后破壳而出。说来可笑，这其实也正是王亚丽策划许久、等待许久的一幕了："果粒橙"踩着窗台跳了进来，满脸新鲜的伤痕在灯光之下闪闪发亮。

"别动，我叫警察啦！"

喊完这一嗓子，"果粒橙"就进到屋里来，站在了书桌上。然而当他居高临下地打量着这间小北屋时，脸上的表情与其说是威风凛凛，倒不如说是一头雾水：王亚丽穿着红色的运动服，老头子的脖子上挂着一部照相机，俩人脚下的地面上还撒着一地杂乱的钞票。难道他们不应该是光着的，哪怕是衣衫凌乱的吗？难道老头子不应该正对王亚丽上下其手，或者干脆压在她身上的吗？难道王亚丽不应该是声嘶力竭地大喊"强奸""救命"吗？那才是一场完美的"仙人跳"高潮阶段的场面，为了那个场面，王亚丽还曾经和"果粒橙"一起详细地推演过，甚至彩排过，其中包括她怎样进门，怎样拿捏时间，怎样偷偷留条窗户缝儿，也包括他怎样蹲守，怎样准时准点儿从天而降，怎样威逼对方掏钱"私了"……并且，这个计划还是王亚丽主动提出的，那天她从医院回到出租房，先主动坦白了钱的去向，随后又说了她还有一个弄钱的办法。别说是十万了，再多点儿也许都有戏，她信誓旦旦地保证。

王亚丽还曾经对"果粒橙"说："我算是要为你卖逼了。"

"果粒橙"却耿耿于怀地回答："你还把我的钱弄丢了呢。"

王亚丽又引用了一句她妈的话："卖逼也比要饭强。"

"果粒橙"更正她："何止要饭呀，我他妈都快坐牢了。"

可现在呢，戏是演砸了还是压根儿就没开演？不要说"果粒橙"了，就连王亚丽也缺乏对眼下的情形做出解释的能力。但她也是这屋里所有人中唯一能够做出行动的那一个——另外两位就那么一高一低，大眼瞪小眼地互相观摩着，仿佛在辨认对方是不是自己的熟人。

王亚丽往屋子当中横了一步，抬头对"果粒橙"说："算了吧。"

"果粒橙"像没听懂似的问："什么意思？"

"算了吧——我说。"王亚丽重复道，接着又转过身去，面向一楼住户；她深深地喘了口气，拿出自己所能做出的最郑重的口吻说："大爷，对不起。"

然后她就转向床边，拎起那个人造革坤包，又把换下来的衣服揣进包里。她就像个拿错了剧本的演员，准备提前谢幕离场了。只是身上这套临时换上的戏服无法处理，但也只好这样了，改天再送回来吧，假如她还有"改天"的话。眼下的当务之急是让她和"果粒橙"全身而退，对于这一点，王亚丽倒还有几分信心——好歹也算帮了一楼住户一个忙，看在那张照片的面子上，人家应该也能放他们一马吧？

也就是这时，王亚丽看见一条黑影从自己头顶呼啸而过。随着一声闷响和几声怪叫，下一个场面就是"果粒橙"把一楼住户按在了地上。接着又是一番剧烈的、男人之间的搏斗，但也旋即分出了高下——在"果粒橙"的身下，一楼住户就像一只被老鹰擒住的兔子，轻易丧失了反抗的斗志。"果粒橙"耸着肩膀，用两手掐着对方的脖子，那双眼睛也不再是浑浊、执拗、饱含怨气的了，而是露出了狂野而专注的目光。

"钱呢？拿来！"他对一楼住户这么喊道。

"这不是钱吗？"一楼住户连连咳嗽着，拍打着手边地上的散钱。

"不够，我要我的钱，十万！"

王亚丽叫了一声，上前拉扯着"果粒橙"，但她也立刻体会到了一个疯了的男人有多大力气——她只觉得身子一飘，就被甩飞了出去，头磕在床头的尖角上，而后脑袋一蒙，便没了知觉。当她再醒来，也不知是过了多久，又感到一股又湿又黏的汁液顺着脑门涌了下来。这次的伤处比马王爷的第三只眼略高，在额角靠上，疼得钻心。而再往身旁瞥了一眼，就看见一楼住户已经换了个位置，从屋里转移到了门口，但仍仰面躺在地上，并且手脚摊开；"果粒橙"却依然骑在他身上，手里还多了一样东西，是那个大头娃娃存钱罐。他用存钱罐有条不紊地击打着一楼住户的脑袋，伴随着哗啦哗啦的钢镚儿响，那张喜庆的、寓意丰衣足食的娃娃脸也在上下翻飞，脸上沾满了血痕，大概就像王亚丽此时的脸一样。一边进行着持续不断的机械动作，"果粒橙"还在发问，口气却多了几分沉稳：

"卡搁哪儿了？存折搁哪儿了？密码是多少？"

一楼住户已经没声儿了，就连横在王亚丽近前的一条腿都不再抽搐。王亚丽的头又蒙了一会儿，也才终于弄清事情发展到了怎样的地步："仙人跳"先是演变成了抢劫，随后又在演变成入室杀人。钱对于"果粒橙"已经不那么重要了，他现在想做的，仅仅是干出一件足够疯狂足够残忍的事，似乎只有这样才能宣泄他对整个儿世界的一腔悲愤。王亚丽是在疯狂的边缘上打过转儿的人，她知道疯狂的人的想法。

她也知道怎样才能制止这种疯狂。王亚丽艰难地侧了侧头，在这一楼小北屋的地面上寻觅着。终于，她在单人床下看见了一样东西，是那副鲜红的、动物骸骨般的金属架子。也正是因为看到了它，王亚丽才确定这个房间以前属于那个身穿红色运动服、酷爱骑行的女孩。那姑娘果然是个假小子，屋里竟未留下任何女孩的印记。至于那副框架为什么以前会放在二楼的阳台而现在又来到了这里，大概是做父亲的原先不忍心看见，后来才又搬回来留个念想吧。王亚丽用她那天旋地转的脑袋揣测着，欠身把框架拽了出来。然后她站起身，缓缓举起了那东西，掂了掂分量，朝着"果粒橙"的背影挪了两步。分量确实不轻，保持着举重的姿势没一会儿，她就两臂发酸了，而"果粒橙"还在专注地挥舞着那个大头娃娃，竟没看见身后多了个人。王亚丽深呼吸了一口，用框架上还没安装车座的钢管对准了"果粒橙"的后脑勺，弯腰低头凿了下去。一下不够那就两下，两下不够那就三下。

　　一，二，跟我来呀，
　　二，二，加把劲呀，

后面的朋友要加油！

她看见"果粒橙"的脖子在重压之下歪斜，似乎还听到"果粒橙"的脑袋发出了咯吱咯吱的碎裂之声。而五颜六色的汁液却是如假包换的，简直是喷涌着泼洒了出来。那具躯体登时垮了下去，软塌塌地伏到了地上。王亚丽呆立了会儿，这才咣当一声，将自行车框架扔到了地上。她弯下腰去，推了推仍旧仰面朝天的一楼住户。

"大爷，大爷。"她说。

一楼住户并不动弹，半晌才从嗓子眼儿里哼了一声。

王亚丽心里竟一阵释然。她没敢再看地上的两具躯体，忙不迭地出了屋子。她也没走正门，而是从桌前的那扇北窗翻了出去，落地时膝盖又是一阵隐隐作痛。

王亚丽走在麦子店的夜晚里了。出了小区，街道已经空旷，只有风声畅通无阻，稀稀拉拉的行人正忙着回家，而街道的一个治安岗亭仍在亮着灯。王亚丽便朝那儿走了过去，刚开始快，步子也是乱的，后来就越来越慢了，不时还歪着脑袋，往天上的什么地方看一看。但她却不是在迟疑，而是又在回忆着什么事情。

那是她正要从岳晓芬姐妹的病房里出来的时候了。她站着，看着岳晓芬姐妹的脸说："我也不是什么好人，让你的主去原谅你吧。"

岳晓芬姐妹说："王亚丽，能再帮我个忙吗？"

王亚丽说："你说。"

岳晓芬姐妹说："我以后不去教会了，你帮我告诉那些人一声，也别让他们惦记。"

王亚丽说："为什么？"

岳晓芬姐妹说："犯了错，没脸去了。"

王亚丽却笑了："这又何必？你也可以这么想，那钱是你的主给你的，不过经了我的手。"

岳晓芬姐妹就不说话了。

王亚丽又说："该去还是去吧，人家等着你呢。"

岳晓芬姐妹仍不说话，脸上却多了两行眼泪。

王亚丽又愣了愣，突然道："岳晓芬姐妹，我给你唱首歌吧。"

于是，她的歌声不仅飘荡在病房里，而且飘荡在麦子店那不再火热的街头。王亚丽仰着头，踽踽而行，却又站住。她忽然看见，从那深不见底的夜空里，似乎有什么东西正在辉煌地降临。伴随着头上的痛和脸上的湿，她的眼前也红了一片。那红色笼罩天地，王亚丽觉得，那是她所从未见过的沙仑的玫瑰，开满了麦子店。

图书在版编目（CIP）数据

玫瑰开满了麦子店 / 石一枫著. — 北京：北京十
月文艺出版社，2020.10
ISBN 978-7-5302-2050-4

Ⅰ.①玫… Ⅱ.①石… Ⅲ.①长篇小说—中国—当代
Ⅳ.① I247.5

中国版本图书馆 CIP 数据核字 (2020) 第 091166 号

玫瑰开满了麦子店
MEIGUI KAIMANLE MAIZIDIAN
石一枫　著

出 版	北京出版集团	
	北京十月文艺出版社	
地 址	北京北三环中路 6 号	
邮 编	100120	
网 址	www.bph.com.cn	
发 行	新经典发行有限公司	
	电话（010）68423599	
经 销	新华书店	
印 刷	河北鹏润印刷有限公司	
版 次	2020 年 10 月第 1 版	
	2020 年 10 月第 1 次印刷	
开 本	787 毫米 ×1092 毫米　1/32	
印 张	9.5	
字 数	139 千字	
书 号	ISBN 978-7-5302-2050-4	
定 价	49.00 元	

质量监督电话　010–58572393
如有印装质量问题，由本社负责调换。